Ghistelle
C
IV

N°
462

LES ÉQUIPÉES DE L'AMOUR,

OU

LES AVENTURES

D'ABAR = TUCDOC,

HISTOIRE TRÈS-MORALE ET DE TOUS LES TEMPS.

Quand on l'ignore, ce n'eſt rien ;
Quand on le ſait, c'eſt peu de choſe.
LA FONT.

A COSMOPOLIS ;

Et ſe trouve A PARIS,

Chez GUILLOT, Libraire de MONSIEUR,
Frere du ROI, rue S. Jacques, vis-à-vis
de celle des Mathurins.

M. DCC. LXXXIII.

AVIS

AU LECTEUR.

J'AVOIS d'abord résolu de donner deux Volumes : la matiere étoit assez abondante pour aller même jusqu'à quatre ; mais la réflexion m'a fait réduire à une Brochure, & vous, cher Lecteur, vous me réduirez peut-être à rien. Cependant j'ai des droits à votre indulgence : je me suis rendu le plus court que j'ai pu, afin de vous épargner de l'ennui, car je sçais, par ma propre expérience, qu'on en gagne, & même beaucoup, à la lecture de bien des Ouvrages modernes. Que seroit-ce, bon Dieu ! si j'avois visé à l'in-4°. ou à l'in - folio ; c'est pour le coup, ami Lecteur, que vous m'eussiez condamné à l'Epicier ou à la Beurriere. Eh mais ! j'avois dessein d'ouvrir une souscription

pour eux, car il est bon d'avoir des amis
par-tout ; plus d'un de mes confrères
s'est bien trouvé d'avoir capté leur bien-
veillance : la vôtre, pour moi, ne vous
coûtera pas cher, & au risque d'acheter une
mauvaise Brochure, vous serez curieux
de sçavoir si les Équipées de l'Amour
valent l'argent que vous en donnerez :
je n'en répondrois pas ; mais je vous
proteste que, si cet Ouvrage me rapporte
beaucoup, je le regarderai comme un bon
livre, digne d'être relié en maroquin,
doré sur tranches.

ANECDOTE

ORIENTALE

SERVANT DE PRÉFACE.

DU temps que les Génies & les Fées se mêloient de faire les mariages & de les assortir, cet heureux temps ne dura guère, car l'intérêt, l'argent & d'honnêtes entremetteuses s'en mêlèrent, & s'en mêlent encore aujourd'hui, il étoit dans la Ville de *Cosmopolis*, deux maris qui se croyoient exempts du sort commun. Ces deux maris aimoient leurs femmes. (C'étoit sans doute deux Bourgeois); ils leur prodiguoient robes, bijoux, & tous les atours que le sexe aime tant. Une Bourgeoise sur - tout n'est jamais si contente que quand elle a de quoi fe mettre comme une femme de condition, & qu'on la prend pour telle aux promenades ou aux Spectacles. Nos deux amies étoient parées comme des Reines, mais l'effentiel leur manquoit : leurs maris un peu foibles de ce *côté-là*, croyoient les endormir comme des enfans avec leurs attifets de toilette ; mais chez elles la nature n'étoit point dupe : chaque fois qu'elles fe rencontroient, on lifoit dans leurs yeux qu'elles avoient quelque confidence à fe faire : un refte de timidité, ou, fi vous le voulez, de pudeur, arrêtoit le fecret fur leurs lévres ; enfin il leur échappa, & elles finirent par en rire comme deux folles.

Le premier pas franchi, on ne tarde guère à faire le fecond : nos charmantes jeûneufes complottèrent enfemble de fe dédommager du régime mefquin auquel on les avoit aſſujetties ; mais elles le firent avec tant d'adreſſe, que leurs maris n'en eurent jamais aucun ſoupçon. Malheureuſement pour ceux-ci, on vit ariver ſur la grande place de *Coſmopolis*, deux étrangers autour de qui la foule des curieux s'empreſſa, comme elle fait autour des Charlatans qui ne manquent jamais de ſots qui les écoutent, & de dupes qui leur donnent du bon argent pour de mauvaiſes drogues.

Ces deux étrangers n'étoient rien moins qu'un Génie & une Fée ennemis du repos des maris. Le Génie avoit de la rancune contre l'une des deux Bour-geoiſes qui étoit bien jolie, & qui n'avoit pas voulu lui accorder ce qu'elle croyoit mieux employer dans le mariage. A l'égard de la Fée, l'un des maris l'avoit traitée de bégueule dans un rendez-vous dont il s'étoit auſſi mal tiré qu'il le fit

A iv

depuis avec fa femme. Le fexe pardonne rarement ces fortes d'affronts,
& fur - tout une Fée qui veut paroître
avoir de la retenue, quand elle n'a que
de la gourmandife fur l'*article*.

Pour rendre leur vengeance com-
plette, la Fée & le Génie firent affem-
bler fur la place tous les maris de *Cof-
mopolis*, qu'ils rangèrent en ordre de
bataille : figurez-vous une armée entière
coëffée comme le Sultan de Conftanti-
nople : on leur propofa à tous de fe
regarder dans le miroir de vérité : nos
deux époux qui fe croyoient privilégiés,
s'emparèrent avec empreffement de la
glace merveilleufe : jamais Peintre n'at-
trapa, comme elle, une reffemblance.
Quels furent l'étonnement & le courroux de nos deux préfomptueux ! leurs
mains tremblantes faifoient vaciller la
glace ; le rouge leur montoit au vifage,

& leurs moitiés auroient mal paſſé leur temps, ſi elles ſe fuſſent trouvées à portée d'entendre ce qu'ils avoient ſur le cœur.

Satisfaits de leur humiliation, le Génie & la Fée ordonnèrent à la bande nombreuſe de défiler devant le miroir magique. A chaque rang qui paſſoit, le viſage ſombre de nos deux initiés s'éclairciſſoit un peu ; ils en vinrent enſuite juſqu'à ſourire, puis à éclater, quand ils virent qu'aucun de leurs concitoyens n'avoit échappé à l'aigrette fatale. Convaincus qu'il ne faut jurer de rien, quand on a une femme, les nouveaux récipiendaires au *benoit état*, ſe conſolèrent, en ne chicanant point leurs moitiés ſur une choſe qui arrive à tant d'honnêtes gens : tout le monde s'en conſolera auſſi en ſe mettant dans la tête cette Anecdote très - morale, &

l'Hiſtoire amuſante d'*Abar-tucdoc* dont on doit ſe munir par précaution. Il n'eſt pas donné à l'homme de lire dans l'ave-nir : qui peut répondre de ne pas ſe trouver dans le même cas que les héros de cette Hiſtoriette, ſi capable de rendre le calme à des têtes tourmentées par les idées noires d'un accident qui au fond n'eſt qu'une miſère, & qui ne doit pas empêcher de dormir ſur l'une & l'autré oreille ?

LES ÉQUIPÉES

DE L'AMOUR,

O U

LES AVENTURES

D'ABAR-TUCDOC.

Rien n'eſt ſi plaiſant que de voir quantité de petits garçons ſe croire bonnement les fils de leurs pères : ce ſeroit folie d'en mettre le doigt au feu, comme le dit quelque part le naïf La Fontaine, qui avoit bien de l'eſprit celui-là, & qui ſçavoit à quoi s'en tenir ſur le compte d'une grande & ſuperbe Ville où il arrive tant d'aventures ſi reſſem-

blantes à celles d'*Abar-tucdoc*. Quant à moi,
je dois remplir le devoir d'Historien fidèle,
& conter tout uniment la naissance de mon
Héros, pourquoi on lui donna ce nom, &
comment il le mérita dans toute son étendue;
car ce nom n'est point sans mystère : j'ai même
vu des *Logogripheurs* se donner en vain la
torture pour le découvrir ; la clef fait tout;
une fois trouvée, le reste s'arrange de lui-
même : on est tout étonné d'avoir été si long
temps en défaut; c'est ce qui arrivera à tout
Lecteur de cette Historiette, s'il ne sçait pas
au moins son A.-B-C, car tout le fin de ce
nom mystérieux ne gît que dans une transpo-
sition de lettres qu'il faut remettre dans leur
ordre naturel. Ainsi, pour faciliter une re-
cherche aussi abstraite, il étoit nécessaire de
noter chaque lettre d'un chiffre arabe, par
le moyen duquel dans

8. 5. 6. 9.   7. 4. 3. 10. 2. 1.
A B A R - T U C D O C.

replaçant chacune de ces lettres suivant l'ordre
numérique, on aura deux mots, & ceux de
l'énigme.

Cette difficulté vaincue, la curiosité porte

naturellement à connoître la famille de notre Héros. Un Gentilhomme dont l'origine remonteroit au déluge , s'il étoit poffible d'en trouver de cette date , fut celui qui eut les honneurs de la paternité , fans y avoir rien mis du fien. Cette belle loi, la confolation des maris , & la couvre – fripponnerie des femmes , garantit le Baron de *la Kuskofie* d'être déclaré C... & fon fils B.....; car s'il eut chicané en la moindre chofe, Madame la Baronne , fa charmante moitié , cent Avocats & autant de Procureurs lui auroient prouvé *digeftement* & *pandectiquement* que , *pater eft quem nuptiæ demonftrant*, & M. le Baron n'eût pas eu le plus petit mot à repliquer : auffi fentit-il toute la force de l'axiôme , fi bien trouvé pour la tranquillité des ménages , & pour l'honneur de la Magiftrature elle-même , qu'il met fouvent à couvert de bien des brocards.

Le Baron de *la Kuskofie* étoit un de ces Militaires qui , après avoir promené pendant trente ans de garnifon en garnifon leurs intrigues galantes & leurs fervices , gagnent la goutte & la Croix de S. Louis. Blafés par le libertinage, ces gens-là finiſſent ſouvent par ſe marier. Il étoit bien juſte qu’après avoir dragonné pour ſes plaiſirs l’honneur de quantité de maris, le ſien ſubît la loi du talion; auſſi fut-il avant ſon mariage ce qu’il avoit fait tant d’autres avant ou après le leur.

Le vœu de la nature eſt que tous les biens ſoient communs; la Philoſophie moderne a tenté de nous ramener à ce principe qui eſt beau dans la ſpéculation; mais je doute que les maris actuels ſuivent en cela l’exemple des Spartiates, ni qu’ils prêtent volontiers leurs femmes à leurs voiſins. Cependant s’il eſt quelqu’endroit où ce ſyſtême prenne, c’eſt ſans contredit dans les Villes de garniſon. Quand un Régiment vient en relever un autre, à peine le mouſquet eſt-il accroché dans la caſerne, que les nouveaux arrivans courent, la liſte à la main, conſoler les *Angéliques* du départ de leurs *Médors*. Je m’étonne que le Gouvernement n’ait pas encore ſongé à récompenſer leurs ſervices; car il y a telle femme qui peut dire, j’ai fait *vingt garniſons*, comme un vieux Militaire ſe vante d’avoir fait vingt campagnes.

Après avoir fait pleurer bien des filles qui ne demandoient pas d'être mères avant le mariage, après avoir *vulcanisé* nombre de maris dont les femmes n'étoient pas trop sages, le Baron de *la Kuskosie* se prit de belle passion pour *Henriette de Lubrisainville*: c'étoit une brun e piquante faite au tour ; deux yeux pétillans de feu & d'esprit, une prunelle toujours en mouvement, & ne respirant que le plaisir & la volupté, un sourcil noir & arqué, un front garni de cheveux plantés par la nature comme si l'art les eut placés lui-même, le nez aquilin, la bouche petite & vermeille où le sourire reposoit sur deux lévres dont le corail contrastoit avec la blancheur de ses dents, le corsage & la taille des Graces, le pied pas plus grand qu'il le falloit, pour donner un heureux préjugé ; joignez à cela une vivacité qui tenoit de l'étourderie, & vous aurez le portrait d'Henriette. Cette charmante personne croissoit sous les yeux de sa mère, qui passoit pour la veuve d'un Lieutenant-Colonel tué au service : cela pouvoit être ; car la mère, une des jolies femmes de son temps, avoit été dévolue aux Officiers de ce grade.

Mais pour ne rien controuver, Henriette étoit fille de l'amour. Sa mère, reftée orpheline dès l'enfance, avoit été facrifiée par une de ces femmes qui jouent la vertu, à un favori de Plutus qui prodiguoit l'or pour corrompre l'innocence, & n'auroit pas donné un écu à l'indigence honnête qui abhorre le crime & meurt de faim. Bien des Grands n'ont pas plus de délicateffe, & ne font pas un meilleur ufage de leurs biens. Faites folliciter la plus mauvaife caufe par un minois qui ait l'air neuf, pas trop farouche, jamais vous ne perdrez votre procès ; mais préfentez-vous avec les dehors modeftes de l'honneur dans la détreffe, vîte on vous éconduit. L'or & la beauté ont été de tout temps les deux plus fûres recommandations.

Le dégoût ou l'inconftance du Traitant firent bientôt de la mère d'Henriette une nouvelle *Ariane* délaiffée par fon *Théfée*. Plus défintéreffée que fes pareilles, elle n'avoit pas eu la baffeffe d'abufer du foible d'un homme qui l'aimoit pour chercher à le ruiner, en y joignant la perfidie de le tromper : elle lui étoit fincèrement attachée,

&

la perte lui fut fenfible. Mais comme elle étoit encore jeune, & que d'ailleurs il lui reftoit une certaine aifance des bienfaits du Traitant, elle ne manqua pas d'adorateurs, fur-tout de ces oififs de garnifon qui fément la fleurette par-tout où l'on veut l'écouter. Un jeune Officier nouvellement forti des Pages, grand, bien fait, beau brun, eut la préférence, & fut le père d'Henriette.

Elevée au fein de la galanterie, Henriette grandit, & fut bientôt prônée comme une beauté parfaite : un effaim nombreux de fé-millans étourdis papillonna autour de cette fleur naiffante. Les propos féduifans échauf-fèrent fon jeune cœur ; la vue d'un Volontaire auffi beau que l'amour, mais auffi volage que lui, le décida : elle ne le défendit qu'autant de temps qu'il en falloit pour augmenter la paffion de fon amant. Le jeune homme auffi ardent à cueillir les rofes de Cythère, que les lauriers de Mars, brufqua l'attaque, & emporta la place avec tous les honneurs de la guerre. Cependant Henriette ne tarda guère à s'appercevoir que la fleur qu'elle avoit don-née alloit produire du fruit ; mais n'ayant que quinze ans, & autant d'attraits, le malheur étoit réparable. On n'a pas la même reſſource avec une laidron ; il faut alors dorer la pillule , encore ne trouve - t·· on pas toujours des gens diſpoſés à l'avaler.

Le Régiment où ſervoit le Baron de *la Kuskoſie* , vint à propos relever celui du frippon de Volontaire. Comme cet amant n'avoit point encore le cœur gâté , il pleura de bonne foi quand il lui fallut quitter ſa maîtreſſe. Des déchiremens de cœur , des proteſtations de l'aimer toute la vie , la promeſſe de revenir bientôt plus amoureux & toujours fidèle , tels furent les adieux de ce novice en amours. L'exemple de ſes camarades le fit voler dans les bras d'une nouvelle conquête , auſſi - tôt qu'il fut rendu à ſon autre garniſon.

Henriette en eut le cœur navré , comme il arrive toujours dans les premières inclinations : elle étoit dans cette triſteſſe touchante qui rend la beauté plus dangereuſe , lorſque le Baron , en ſa qualité de Lieutenant-Colonel , ſe préſenta : au lieu d'avoir des yeux pour la mère , il n'en eut que pour la fille , & parla ſans façon de mariage. La fortune du

Baron fit ouvrir les oreilles à la mère, & l'état où fe trouvoit la fille la rendit docile. La difproportion d'âge ne la rebuta point : elle joua fi bien l'Agnès, que fon vieil amant qui en étoit dupe, lui fit dès le même foir, cette déclaration : *parbleu, ma charmante, je vous apprendrai fi les enfans fe font par l'oreille.* La bonne pièce ne favoit déjà que trop bien, par pratique, comment on les fait. Le Baron rit comme un fou de fa faillie : on rira fans doute de voir le vieux routier donner fi leftement dans le panneau : de plus rufés y ont été pris avant lui, & d'autres y feront encore attrapés : *cet oracle eft plus fûr que celui de Calchas.*

Le prétendu de Mlle. Henriette étoit un grand homme fec, un vrai Dom Quichotte, ufé par les fatigues qu'il avoit effuyées en fervant à la fois Mars & Vénus. Cet Adonis fexagénaire dont le corps étoit monté fur deux flageolets, le dos voûté, les joues creufes, l'œil un peu lacrymant, la peau ridée, offroit fous un nez bourjonné, un refte de mouftache barbouillée de tabac : jurant comme un vieux militaire, le ton brufque, refpectant peu les femmes, & croyant encore moins à leur vertu, il ne put cependant ténir contre les charmes de la belle Henriette. Comme il n'aimoit point à languir dans fes amours, il vint dès le lendemain fixer la noce à huit jours. Il fut pris au mot par la mère & par la fille : celle-ci fentit l'à-propos de ne pas différer plus long temps, de peur que l'embonpoint de fa taille ne fe fît trop remarquer.

Deux mois ne s'étoient point encore écoulés, que chacun s'en apperçut, & en fit compliment à M. le Baron. Le bon homme fe targuoit de fa prétendue paternité : vive, difoit-il, dans fes goguettes, un vieux renard ! Il fçait croquer la poulette fans la faire crier. Au bout de fix mois la jeune poulette devint mère : ce calcul précoce mit un peu martel en tête à l'époux. Les Médecins affemblés décidèrent que cela arrivoit tous les jours : oui-da Meffieurs les Docteurs fourrés, vous avez quelquefois doublé la dofe jufqu'à treize mois, ainfi à fix, cela peut venir tout naturellement, puifque la befogne eft faite d'avance. Le Baron fe rendit à cet argument convaincant ; & après avoir bien payé les Médecins, pour avoir dit une fottife , il courut embraffer fon héritier en qui la force du fang ne devoit guère parler.

La Baronne , par un de ces caprices de femme qu'on ne peut trop définir, & qui pourtant ont un raifonnement caché qui échappe au vulgaire, voulut que fon fils portât un nom caractériftique de fa naiffance & de la qualité de fon père : ainfi il fut appellé *Abar - tucdoc* dont ces quatre lettres *c-1-o-2-c-3-u-4* entremêlées, comme on l'a vu, de chiffres arabes, difent admirablement bien ce qu'étoit l'époux ; & l'enfant n'étoit pas bien défigné par ces fix autres *b-5-a-6-t-7-a-8-r-9-d-10*.

Le Bambin auquel le Lecteur s'intéreffe déjà , n'eut point d'autre nourrice que fa mère : elle conçut qu'un lait étranger doit changer les humeurs & le caractère, comme une greffe entée fur une tige d'une autre efpèce donne des fruits qui ne font point naturels à l'arbre auquel elle éft identifiée. Voilà pourquoi une infinité de petits garçonnets qu'on ramène de nourrice ont tant de peine à reconnoître leurs pères ; c'eft qu'ils croient que leurs nourriciers qu'ils appellent papas, les ont faits, tandis que ni les pères ni les nourriciers n'y ont rien mis de leur façon, mais bien de jolis damoifeaux, ou quelques grands laquais bien tournés, qui, avec Mefdames les Ducheffes, Mefdames les Marquifes, &c. vous font des Ducs, Comtes, Marquis, &c. & avec les Bourgeoifes, des pépinières de Confeillers, d'Avocats & d'autres gens de tout étage.

La charité m'a toujours paru la première des vertus : elle enfeigne de foulager les befoins de notre prochain. Or une jeune femme qui a un vieux mari nul, mauffade & dégoûtant, a des befoins d'autant plus preffans, que la nature lui parle impérieufement ; donc, la foulager quand celui qui s'en eft impofé l'obligation en eft incapable, c'eft rendre fervice à tous les deux : ainfi, au lieu de s'en fâcher, un mari doit regarder comme fon véritable ami celui de fa femme ; voilà ma conféquence : mais fi la femme trouve au logis ce qu'elle cherche ailleurs, c'eft une p..... Voilà une autre conféquence ; j'étois bien-aife de faire cette diftinction, afin qu'à l'avenir on ne donnât plus le même nom à deux efpèces de femmes dont la première eft excufable, & la feconde à méprifer, quelqu'indulgent que foit le fyftème de galanterie qui régne aujourd'hui.

Le petit Baronnet allaité par fa mère, acquit une complexion robufte; elle y gagna elle-même une fanté fuivie qui auroit pu s'altérer par le féjour d'une liqueur que la nature ne donne aux mères que pour la faire couler dans la bouche de leurs enfans. Le Philofophe qui de nos jours a rendu tant de mères nourrices, n'eût il procuré que ce feul bien à l'humanité, a eu mille fois plus de bon-fens, que ceux qui ont été chercher des fyftêmes abftraits, propres à embrouiller l'efprit fans qu'on s'en porte mieux. Auffi tant qu'on fera des enfans, fe reffouviendra t on avec reconnoiffance du Philofophe dont les cendres immortalifent *l'Ifle des Peupliers*.

A peine le gentil héritier de M. le Baron put il fe traîner fur fes pieds & fur fes mains, qu'on le vit marcher, comme on dit qu'on marchoit autrefois, dans l'état de nature : cette allure conviendroit à bien des gens aujour-d'hui ; & même on devroit obliger ceux qui tiennent à l'efpèce *quadrupède* de ne la point changer ; on eût évité par-là le lazzis du *pré de l'Académie* , parce que probablement des gens qui méritent de marcher à quatre pates, s'y feront *intrus* ; inconvénient qui ne feroit point arrivé fi l'on eut diftingué l'allure *bi-pède* d'avec la *quadrupède*; cete dernière efpèce n'étoit certainement pas faite pour désho-norer une fçavante Compagnie, qui, comme a dit un mauvais plaifant, eft compofée de *quarante* & a de l'efprit comme *quatre*.

Le jeune Baronnet fuça avec le lait de fa mère fon penchant à l'amour. Dès l'âge de douze ans, il étoit la terreur des pères & des mères qui avoient bien de la peine de ga-rantir de fes piéges leurs tendres colombes. Tantôt il attiroit l'une dans les bofquets du parc de fon cher papa, & la preffoit tant que la pauvrette n'ofoit appeller du fecours de peur d'être grondée : une autre, furprife au milieu des champs , avoit beau fe défendre comme un petit lion, le poliffon frayoit tou-jours la moitié du chemin : l'innocence d'une troifième lui faifoit ignorer ce que l'étourdi tentoit ; curieufe de voir où ce jeu aboutiroit, elle fe prêtoit, & le plaifir lui faifoit oublier le mal qu'elle enduroit : plus vermeille qu'une rofe, elle s'échappoit de fes bras, trop inftruite & trop fatisfaite pour ne pas defirer d'y revenir.

Trois années fe pafsèrent dans ces petites fredaines de jeuneffe ; du moins c'eft ainfi que Madame fa mère, devenue veuve & maîtreffe d'un revenu affez confidérable, traitoit les poliffonneries de fon fils. Cependant avant de mourir, le Baron avoit voulu que l'héritier de fon nom & de fes biens reçût une éducation digne de lui. On lui avoit donné pour Précepteur un de ces hommes qui cachent fous beaucoup d'effronterie & de préfomption leurs petits talens. La tête farcie de tous les fyftêmes hardis qui mènent à la dépravation des mœurs & à ne rien croire, il railloit la crédulité de nos ayeux & fe mettoit au-deffus de tous les préjugés, comme fi une cervelle exaltée eut dû avoir plus de bonfens que des milliers d'hommes qui nous ont précédés, & qui nous ont appris à difcerner le bien d'avec le mal. Le Baron, qui, peut-être n'avoit jamais fçu la moitié de fon Caté-chifme, raifonnoit à perte de vue d'après les principes du Magifter de fon fils & finiffoit par s'enivrer. Par bonheur pour le difciple que le penchant invincible qu'il avoit à l'amour, lui fit toujours préférer le plaifir aux argumens dangereux de fon Précepteur, qu'il couroit oublier avec quelque jeune inno-cente, en l'endoctrinant lui-même d'une autre manière.

La perte des enfans vient fouvent de leurs Inftituteurs. O parens, vous devez vous en attribuer à vous-mêmes la faute ! Comment voulez-vous que des mercenaires qui fou-vent n'ont ni principes ni éducation, rem-pliffent, à votre place, les refpectables fonc-tions de pères, & en prennent les tendres foins? Nés fouvent dans la baffeffe ou élevés eux-mêmes fans frein, ils ne voient dans l'em-ploi que vous leur confiez qu'une reffource pour vivre ; ils vous follicitent ou vous font folliciter ; vous les prenez à gages comme des domeftiques ; ils rempliffent leur tâche tant bien que mal, & n'afpirent qu'au moment d'être délivrés de leurs élèves. O parens ! je le dis, rendez l'état d'Instituteur honorable, vous exciterez l'émulation des jeunes gens de famille pour qui leurs pères sacrifient le peu de fortune qu'ils ont, afin de leur donner de l'éducation ; ils en auront reçu, & seront capables d'en rendre à vos enfans : sentant l'importance du dépôt délicat que vous leur aurez confié, ils vous le remettront augmenté des vertus qu'ils auront inculquées à leurs disciples. Encouragés à faire de nouveaux efforts pour acquérir plus de connoissances, & instruits eux-mêmes, ils seront en état d'instruire les autres : devenus vos amis, ils ne seront point impatiens de voir finir une éducation qui fera leur satisfaction, comme la vôtre. Mais sur-tout, je vous en avertis, faites respecter vos Précepteurs par la valetaille qui s'accoutume à les regarder comme ses semblables. L'homme de mérite humilié, qui n'est pas fait pour l'être, s'il ne cherche pas à s'en venger sur celui qui le souffre ou qui devroit l'empêcher, ne s'attache point comme il le feroit, si l'on avoit pour lui les égards auxquels il a droit de prétendre. Je dis plus, il vous repréfente, il doit être honoré comme vous ; lui manquer, c'eft votre injure perfonnelle.

Le Baron de *la Kuskofie* n'étoit pas homme à y regarder de fi près : fçavoir coucher un Anglais fur le champ de bataille, ou mener une intrigue galante dans une garnifon, étoit à fes yeux le mérite néceffaire à un Gentil-homme ; & pourvu que fon fils fût en état de débiter à tort & à travers quelques termes de Géographie ou de Science attrapés à la volée, il n'en exigeoit pas davantage. Le Précepteur qui fe foucioit auffi peu que le père, des progrès de fon élève, en fit un fujet peu inftruit, la mère un enfant gâté, & l'amour un petit libertin. Heureufement pour lui qu'il avoit de l'efprit naturel : comme il déteftoit cordialement fon Précepteur, à la mort du père, il fut congédié fans qu'on fe mît en peine de ce qu'il deviendroit.

Libre de toute entrave, le jeune homme fe livra à l'impétuofité de fon tempérament. Ses amourettes firent du bruit dans le canton. Les jeunes filles qu'il avoit attrapées ne pouvoient le voir paffer fans dire : quel dommage qu'il foit fi volage, étant fi aimable ! A une figure noble & gracieufe, il joignoit la taille & le port du cavalier le mieux fait ; œil noir bien fendu, peau blanche comme lys, nuancée des rofes de la jeuneffe, nez *coftumé*, bouche garnie de trente-deux morceaux d'un ivoire parfait, le fourire agréable, le corfage *épaulé*, la jambe belle (notez que ces deux articles ont leur mérite auprès des Dames), la danfe, la mufique, fa réputation de galanterie achevèrent de faire tourner la tête aux femmes ; les plus jolies de la Ville en raffolèrent, & tout *Hercule* qu'il étoit fur l'*article*, il eut de la peine à y fuffire.

Les équipées galantes du Baronnet déplurent autant aux maris de ces femmes qu'elles avoient déplu aux pères des fillettes dont il avoit efcamoté les prémices : tous fe liguèrent pour lui faire un mauvais parti. Ce n'eft pas qu'il ne fût brave & capable de fe tirer d'une affaire ; il avoit manié affez long temps le fleuret, & fi jufqu'alors il avoit eu plus de démêlés avec Vénus qu'avec Mars, il n'en étoit pas moins à craindre le fer nud à la main.

Quoique le jeune Eveillé n'eût pas reçu beaucoup de leçons de morale, cependant comme il avoit de l'efprit, il comprit qu'à force d'outrager des maris, il pourroit lui arriver malencontre. Il lui vint même une idée bien philofophique pour une jeune cervelle ; mais toute tête bien organifée peut réfléchir, quand le cœur n'eft pas gangrené par le vice. Le projet du galant Baron fut de voyager pour s'inftruire dans le livre du monde, qui eft bien le meilleur de tous, & fçavoir s'il eft poffible qu'une femme vertueufe réfifte à un bel homme. Un voyageur de fon âge & de fa figure étoit juftement fait pour fournir une ample matière à l'obfervation.

Ce deffein pris, il le communiqua à fa mère. La Baronne qui ne fçavoit rien lui refufer, & qui d'ailleurs craignoit qu'un coup d'épée mal paré n'étendît fon cher fils par terre, hâta elle-même fon départ. Leurs adieux furent touchans ; entr'autres paroles qu'il dit à cette tendre mère, c'eft qu'elle avoit encore affez d'attraits pour fe confoler de la mort de fon mari & de l'abfence de fon fils. Cette aimable veuve, qui dépaffoit d'un luftre &

plus la trentaine, ne s'étoit plus laiffé attra-
per, du vivant ni depuis la mort de fon mari, comme elle l'avoit été par le poliffon de
Volontaire; l'amour dans ce moment avoit
fait toute la faute, auffi la répara-t il en lui
faifant époufer le vieux Baron. Quoiqu'elle
n'eût chommé en aucun temps, foit qu'elle
eût plus d'expérience, ou moins de paffion,
elle ne donna aucun cohéritier à fon cher
fils. La médifance, ou plutôt la jaloufie des
autres femmes moins belles, ne l'épargna
point; elle les laiffa médire, & en leur en-
levant leurs conquêtes, elle fut fidelle au
plaifir.

L'unique héritier du nom & des biens du
Baron de *la Kuskofie* partit enfin, après que
fa mère lui eut déclaré qu'il étoit fils de
l'Amour. Elle lui recommanda fur-tout d'aimer & de protéger ceux que ce Dieu frippon
fait à la barbe de l'hymen, ainfi que de
compâtir aux chagrins des maris qu'il ren-
contreroit dans le même cas où avoit été fon
très honoré père.

Le Baronnet, le cœur ferré en embraffant
fa mère qui pleuroit amèrement, monta fur

un courſier anglais , & piqua des deux , ſuivi
d'un domeſtique en façon d'Écuyer. Il prit
ſa route vers les Alpes , la bourſe aſſez bien
garnie , avec des lettres de créance ſur différentes places où il devoit s'arrêter. Son deſſein étoit de voir l'Italie , excité à cela par
une de ces étourderies de jeunes gens qui
aiment les aventures périlleuſes ; il donnoit
la préférence à cette belle partie de l'Europe,
parce que les femmes y ont moins de liberté
qu'ailleurs ; & il ſe figuroit d'avance le plaiſir
qu'il auroit à tromper la jalouſie italienne &
ſes cadenas.

En ſe repaiſſant de cette idée, le Baron
n'avoit que vingt ans , beaucoup de chaleur
dans l'imagination , & encore plus dans le
cœur. A peine eut-il fait deux journées qu'il
s'égara de ſon chemin ; là nuit le ſurprit au milieu d'une forêt : peu accoutumé à gîter
dans une pareille auberge, il erroit avec ſon
fidèle Écuyer ſans ſçavoir où ſon deſtin le
conduiſoit. Après deux heures d'une marche
pénible, dans une obſcurité profonde, ils
apperçurent la lueur d'une lumière qui partoit
d'une petite habitation ſituée dans une val-
lée

lée agréable, qu'on n'auroit pas foupçonnée
dans le voifinage d'une forêt propre à être
le repaire d'animaux féroces , & d'hommes
plus à craindre encore qui détrouffent &
égorgent leurs femblables.

Le Nocher , après une affreufe tempête qui
lui a offert mille fois l'abîme & la mort,
n'apperçoit pas avec plus de joie la terre , que
nos deux voyageurs en eurent en fe hâtant de
gagner la cabane protectrice qui leur promettoit un afyle. Le Baronnet defcend leftément
de cheval , & frappe à la porte. L'heure n'annonçoit guère que des hôtes dangereux , &
ils devoient s'attendre qu'on ne leur répon-
droit pas : cependant, foit bravoure , foit
humanité , un homme armé jufqu'aux dents
leur ouvre & les invite d'entrer. Les voyageurs preffés par la faim & le befoin d'un
gîte, ne fe le font pas répéter, quoique le
portier hétéroclite qui leur avoit ouvert dût
les effrayer. Le Baronnet, comme nous l'a-
vons dit , étoit brave jufqu'à la témérité , &
plus il y avoit de danger , plus fon courage
s'allumoit ; il eût été la perle des Chevaliers
errants.

C

Cette aventure-ci développée n'aura rien de merveilleux quoiqu'extraordinaire. A peine l'hôte de la cabane eut-il quitté le casque qui lui cachoit la figure, que le Baronnet reconnut son Précepteur; ils se sautèrent mutuellement au col, comme c'est l'usage dans les rencontres inattendues, & remirent après le souper toutes les explications qui ne sont jamais bonnes à faire à des gens qui meurent de faim.

L'ex-mentor ménageoit une autre surprise à son élève; le prenant par la main, il le conduisit dans une seconde chambre, où il apperçut avec étonnement une jeune femme qui se leva avec beaucoup de grace & de politesse; elle paroissoit accablée de langueur & de tristesse, & n'en étoit que plus intéressante, parce qu'elle étoit belle. Les compliments furent abrégés pour s'occuper du souper qui fut frugal, & cependant meilleur qu'on n'auroit dû l'attendre dans une maison qui ne paroissoit à portée d'aucune ressource.

L'habitation de l'ex-mentor étoit une petite métairie isolée dans la campagne, & éloignée d'un quart de lieue d'un gros bourg;

il l'avoit achetée de préférence, parce qu'il vouloit y vivre inconnu, & qu'il étoit capable de la faire valoir, étant né fils d'un Fermier qui avoit eu l'ambition de lui faire faire ses études, ce qui l'avoit perdu. *Prévert* étoit son nom. Son père qui auroit dû sagement ne songer qu'à le faire son successeur dans sa ferme, aima mieux se gêner pour lui donner de l'éducation & en faire un Prestolet; le jeune homme étoit d'une belle figure; il avoit les inclinations hardies, l'esprit vif, mais tranchant, & avec ces dispositions il n'eut guère de goût pour un état qui exige de la modestie; un attrait invincible au plaisir lui fit respecter peu le rabat & la tonsure.

Prévoyant qu'après ses équipées il seroit mal reçu de son père, le jeune Prévert chercha dans son esprit & ses talents des ressources pour se passer de lui; il avoit fait d'assez bonnes études, quoique la dissipation où il vivoit eût beaucoup nui à son avancement. L'emploi de Précepteur lui parut préférable à tout autre; il intrigua tant par les femmes qu'il avoit connues, qu'elles le placèrent chez le Baron de *la Kuskosie*, où il lui étoit ar-

rivé bien des petites aventures qu'on ignoroit, & où il fut mal récompenfé.

Prefque dégoûté de l'état par fon début,
Prévert réfolut de s'embarquer, & c'eft en
gagnant un des ports du Royaume que le
hafard lui procura la connoiffance d'un riche
Négociant qui avoit un fils à éduquer, &
une jolie fille touchant bientôt à l'âge de
fe marier, Ce fût lui-même qui raconta toutes
ces particularités à fon premier élève le lendemain de fon arrivée dans la métairie, ne
pouvant le faire honnêtement le jour même,
quoiqu'il en eût bien envie, parce que le
Baronnet étoit trop fatigué & qu'il avoit befoin de repofer : ainfi le lendemain, après
avoir fait les honneurs de fa maifon, Prévert
conduifit fon hôte dans la campagne, afin de
pouvoir lui parler avec plus de liberté :
« la femme que vous avez trouvée ici, lui
dit-il, n'eft point encore la mienne; mais fi
l'amour a jamais uni deux cœurs, c'eft celui
de ma chère Emilie & le mien. Des obftacles
que le temps & moi nous vous apprendrons,
s'oppofent à un fi doux lien qui fait tous mes
defirs, & qui feroit fans doute mon bonheur.

Reprenons les chofes d'un peu plus haut.

Vous vous fouvenez, mon cher difciple, que nous nous quittâmes affez leftement, & vous en ignorez fûrement la caufe : je n'emportai point vos regrets, parce qu'un jeune homme eft toujours charmé d'être délivré de fon Pédagogue ; & moi, j'étois trop occupé de mes plaifirs, pour fonger à cultiver vos heureufes difpofitions. La nature vous a vengé de mes négligences ; & je fuis perfuadé qu'avec la pénétration que vous avez, vous ne ferez jamais emprunté, ni dans les fciences, ni dans le monde.

Tant que feu M. le Baron a vécu, je me fuis maintenu dans la maifon par la hardieffe de mes fophifmes & l'extravagance de mes raifonnemens qu'il admiroit : Madame votre mère y eft auffi entrée pour quelque chofe : mon air décidé lui plut, & quelques regards libertins que je portai quelquefois fur le défordre de fa toilette, la firent rougir, mais fans colère. Vous fçavez qu'elle eft pêtrie de graces ; j'étois jeune, j'avois des yeux &, fi vous voulez, des fens : ils me parlèrent pour la Baronne ; je hafardai quelques témérités ; on ne me réfifta qu'autant qu'il le falloit pour rendre le plaifir plus piquant ; & fi je m'étois fait ami de M. votre père, en m'enivrant avec lui, je le devins bien davantage de Madame votre mère, parce que ma jeuneffe & ma complexion me mettoient bien en fonds, & elle en appétit.

Ces aveux ne doivent point vous choquer : je les dois à la vérité ; & puis, mon cher patron, l'inutilité de M. votre père, fon âge, fon air ufé, fa goutte ; & elle pleine d'appas, de jeuneffe & de defirs, tout cela demandoit du renfort, & j'en fervis. Peut-être en fervirois-je encore, fans une intrigue que Madame la Baronne découvrit, & qui alloit à diminuer fes fonds ; car elle avoit pris du goût pour moi, comme j'en avois pris pour elle.

Fanchette, fa femme-de-chambre, fut la pomme de difcorde entre nous. C'étoit un petit minois chiffonné qui valoit bien la peine qu'on y fît attention. Une gorge ferme, blanche comme le lys, qui étoit fans ceffe en mouvement, tenta M. le Précepteur. Je ne répondrois pas que l'Elève n'ait prévenu fon Mentor (le Baron fourit) ; car ce font ordinairement ces fortes de femmes qui déniaifent les enfans de bonne maison. Au surplus, Fanchette n'étoit point à son apprentissage : elle ne fit point la cruelle ; mais elle étoit d'une insatiabilité à surpasser les douze travaux d'*Hercule*.

Cette double tâche me mit sur les dents : la Baronne s'en apperçut, & me lança un de ces regards de travers qui pénétrent jusqu'au fond de l'ame d'un criminel, & qui l'attèrent. La maladie de votre père vint à propos me donner du répi : les soins que la décence exigeoit que son épouse lui rendît, firent diversion à ses plaisirs : elle lui ferma les yeux, sans lui devoir d'autre reconnoissance que celle de lui avoir laissé un douaire mal gagné, & à vous, des biens & des titres qui ne passeront jamais pour être venus en ligne directe.

Les huit premiers jours du deuil furent encore une trève aux amusemens de la Baronne. Comme je n'avois plus avec elle cet empressement étourdi des jeunes-gens, elle épia ma conduite. Fanchette se trouvoit si bien de ce que ses plaisirs n'étoient plus partagés, que leur ivresse me fit oublier de me retirer prudemment avant le jour. La Baronne foit indifpofition, foit jaloufie, n'avoit point fermé l'œil cette nuit : elle fe leva dès le matin, fans fonner, comme à l'ordinaire, fa femme-de-chambre. Nous avions un peu compté fur cette fonnette furveillante qui cette fois nous trahit. La Baronne nous furprit dans les bras l'un de l'autre, & ne fut plus une femme, mais une furie, nous gratifiant des épithètes que la colère & la rage lui fuggéroient. Je m'ef-quivai, fans m'inquiéter de ce que deviendroit Fanchette ; & prendre mon paquet & la porte, fut pour moi l'ouvrage d'un moment, fans fonger fi le tréfor de mes épargnes étoit bien fourni : à la premiere couchée je vis que les libéralités que j'avois faites à Fanchette, l'avoient furieufement diminué ; quel parti prendre ?

Ma première réfolution fut d'augmenter le nombre des héros à cinq fols par jour ; mais je réfléchis que c'étoit borner mon ambition à gagner les Invalides : je changeai de deffein & je portai mes regards vers les Ifles, où j'efpérois trouver plus de reffources pour la fortune & pour mes talens.

Tandis que je m'arrêtois à ce dernier parti,

arrive dans la même Auberge un Négociant qui, me voyant *coſtumé* en Abbé, m'invita à lui faire compagnie à ſouper. Cet habit porte bonheur : les plus jolies femmes ont toujours un Abbé qui ne les quitte pas plus que leur petit chien. C'eſt un porte-reſpect en public ; mais dans le particulier, c'eſt un charme de voir comment ces Meſſieurs dégottent le plus hardi Mouſquetaire dans le farfouillage des plaiſirs.

Ma liaiſon avec le Négociant fut bientôt décidée : il me propoſa ſa maiſon avec de l'emploi & des appointemens honnêtes. Je n'héſitai point à le ſuivre ; & au bout de deux jours nous arrivâmes chez lui.

Le premier coup-d'œil m'annonça une maiſon opulente & tenue avec beaucoup d'ordre : je fus préſenté à la femme qui étoit la meilleure des épouſes & la plus tendre des mères. Ma qualité lui fut déclinée : elle fit auſſi-tôt appeller ſon fils, enfant aimable, mais moins beau que ſa ſœur que je ne vis que trop tôt pour elle & pour moi : nos yeux ſe rencontrèrent ; un trait de flamme partit des ſiens ; j'y lus que ma phyſionomie ne lui déplaiſoit pas.

C'eſt elle-même que vous avez vue ; je vous en fais le juge, pouvois-je lui réſiſter ?

Émilie s'accoutuma de bonne foi à me voir, ſans ſoupçonner qu'elle eût de l'amour : elle venoit ſouvent, ſous prétexte d'être avec ſon frère, & c'étoit le Précepteur qu'elle cher-choit : dès que j'entendois ſon pas, mon cœur treſſailloit ; un ſaiſiſſement dont je n'étois pas le maître, annonçoit mon trouble ; j'étois diſ-trait quand je lui parlois, & ſouvent, à ſa vue, je perdois la contenance, au point que je balbutiois quelques mots ſans ſuite, tandis que j'avois mille choſes à lui dire. Comme c'étoit la ſeconde fois que j'aimois ſincère-ment, je ſuis perſuadé que mon amour eût été honnête, ſi ma deſtinée & mon tempé-rament n'avoient dérangé ces ſages réſo-lutions.

Quoique nos cœurs & nos yeux s'enten-diſſent, nos bouches ne s'étoient point encore expliquées : je jouis pendant un an entier du plaiſir pur de voir croître l'amour d'Emilie & le mien. Je ne deſirois rien que le bonheur de la voir ; & quoiqu'il fût fréquent, je le trou-vois toujours nouveau. Comme Emilie touchoit à sa seizième année, & que son père étoit riche, plusieurs partis se présentèrent; le fils d'un homme de robe fut préféré.

Je n'ai jamais aimé ces gens-là; ils ont un air empesé, fat & guindé, qui ne sympathise pas avec les amours qui ont toujours un air chiffonné, & qui aiment qu'on les chiffonne; au lieu que la Magistrature craint de déranger un cheveu, & caresse symmétriquement l'objet de sa tendresse.

Le dépit de me voir enlever une proie que j'avois épargnée par délicatesse, la jalousie, la fureur, tout m'aveugla. Je conçus l'odieux projet de déshonorer l'amant, la fille & le père qui m'avoit donné un asyle si à propos. Cependant, comme le mariage d'Emilie étoit différé à six mois, je profitai de cet intervalle pour dresser mes batteries.

Emilie connut à sa répugnance pour son futur, le penchant qu'elle avoit pour moi: les larmes rouloient dans ses yeux quand elle m'annonça cette nouvelle désespérante. Je saisis ce moment d'attendrissement pour porter un baiser de feu sur sa main; elle n'eut pas le courage de la retirer; je lui peignis toute la force

de ma paſſion ; elle ne me cacha pas la ſienne ;
un ſopha reçut nos ſermens , & ils furent
cimentés avec l'ardeur de deux jeunes têtes
qui ne voient qu'un amour naturel contrarié.

Revenue de cette ivreſſe, Emilie ſe mit à
pleurer : je la conſolai par la promeſſe de
l'adorer éternellement : elle avoit fait le premier pas ; je n'eus garde de ne pas la faire
retomber dans le piège , & je l'amenai à ne me
refuſer aucune complaiſance , par la lecture
de Romans licencieux que je lui prêtai en
cachette : s'ils ont achevé de la perdre, je
dirai toujours que les pères & les mères de-
vroient un peu plus conſulter le goût de leurs
fillès, quand il s'agit de décider du ſort de leur
vie. Sûres de n'être pas violentées dans leurs
inclinations , elles fermeroient l'oreille à la ſéduction, & elles ne chercheroient pas à ſe venger de leurs parens d'une manière qui leur
cauſe ſouvent à tous des chagrins & des regrets.

Le petit Conſeiller devenu amoureux
d'Emilie, prit de la jalouſie contre moi : l'œil
de l'amant eſt un *Lynx* : l'air d'aiſance que
j'avois dans la maiſon lui déplut ; il s'en
plaignit à la mère qui queſtionna ſa fille ;

celle-ci n'eut pas la force de diffimuler ; elle avoua tout, & la mère prudente prit des mefures pour rompre notre intelligence.

Le mariage étoit trop avancé pour qu'elle fît un éclat : me congédier brufquement, c'eût été juftifier les foupçons de l'amoureux Magiftrat. Madame de *Rubanclair* fe conduifit tout différemment : elle jugea que les imprudences de fa fille & du Précepteur pourroient avoir des fuites : ainfi au lieu de différer, elle hâta la conclufion.

L'enfant de *Thémis* fe crut au comble de la félicité ; il traîna fa victime à l'autel, qui s'évanouit en prononçant ce *oui* qui rend malheureufes les femmes dont on ne confulte point le cœur en les donnant. Je ne fus pas témoin d'une fcène qui m'auroit poignardé ; la vengeance m'occupoit ailleurs.

Dans le tumulte de la fête je me déguifai & je parvins à gliffer un billet dans la main d'Emilie : j'étois fûr de fa tendreffe ; je lui traçois de mon fang le défefpoir de la mienne : cette dernière preuve la rendit chancelante ; je la preffois de fe venger de l'injuftice de fes parens. Sa dòt qu'on avoit convertie en or étoit dans un petit coffret; je lui prouvois par des sophifmes que l'amour rendit convaincans, qu'elle lui appartenoit, & que nous pourrions en faire usage dans une retraite sûre. Je me chargeois du foin de me faifir du petit tréfor; & je lui laiffois le choix, ou de me fuivre, ou de me voir expirer à fes yeux, percé de mille coups.

L'impétuofité de ma paffion étoit capable de me porter aux extrêmités les plus violentes : Emilie frémit à la lecture de mon billet : d'un côté l'honneur & le devoir difputoient dans fon ame contre fon inclination; mais tant d'amour de ma part, l'image de me voir baigné dans mon fang, lui donnèrent la foibleffe de m'accorder un dernier entretien, pour tâcher de me ramener de mon égarement : j'étois bien loin d'y penfer; il me plaifoit trop pour ne pas le chérir ; je ne voyois rien d'affreux que la perte d'Emilie: n'écoutant que le défefpoir d'en être féparé pour toujours, je l'enlevai malgré elle, & je conduifis ma proie dans une terre étrangère, afin d'être à l'abri des recherches inquiétantes. Une chaife de pofte que j'avois tenue toute prête, l'argent de la dot que je n'avois pas oublié, tout fervit à feconder mon amour & à nous donner des aîles pour fuir.

J'avoue que ce n'eft point fans remords que j'ai emporté cet argent ; mais je me juftifiai à mes propres yeux, en le confidérant comme une portion de la légitime d'Emilie que j'allois lui remettre entre les mains : tout fcrupule s'évanouit, & je m'applaudis d'une reffource qui me promettoit des jours à l'abri du befoin avec l'idole de mon cœur : elle fervit à acheter cette petite métairie dont la culture m'occupe ; vous la voyez affez bien fournie des chofes de première néceffité : j'y jouirois même d'un fort heureux, fi la langueur qui accable ma chère Emilie n'empoifonnoit la douceur de cette retraite ».

L'heure du dîner rappella le narrateur & fon élève à la maifon. L'intérêt que le jeune Baron prit au fort d'Emilie, lui fit defirer de pouvoir l'entretenir feule : une affaire qui obligea Prévert de s'abfenter, lui en laiffa, dès le même jour, la liberté. Comme cette belle jugea que le Baronnet étoit inftruit de tout, elle lui parla fans détours.

« Vous voyez en moi , lui dit-elle, une victime de l'imprudence & de la jeuneſſe : je n'accuſerai pas Prévert de m'avoir ſéduite, mais j'accuſerai un malheureux & coupable amour de m'avoir entraînée avec lui dans le précipice. Je ſuis déshonorée à mes yeux ; je voudrois que la terre enſevelît bientôt & ma faute & ces funeſtes charmes qui ont mis la déſolation dans ma famille. Je ne ſuis point née pour le crime , ni aſſez impudente pour me familiariſer avec lui. Si Prévert ne m'eut pas ſurpriſe , je ſerois à mon époux , à mon devoir que ſa ſupercherie me fait une néceſſité de trahir : il ſçait les larmes qu'elle m'a coûtée & qu'elle me coûte encore tous les jours. Il eſt violent, emporté : j'ai cent fois réſolu de le quitter, pour aller cacher ma honte dans un Couvent ; mais ma timidité me l'a peint furieux, ſuivant mes traces & capable de tout oſer pour m'arracher de cet aſyle : heureuſe , ſi quelqu'un avoit aſſez de pitié pour m'y conduire » ! Ces dernières paroles furent accompagnées d'un torrent de larmes que le Baronnet ne vit point couler ſans attendriſ-ſement. Comme il avoit le cœur droit & géné-

reux,

reux, le retour d'Emilie à la vertu lui fug-
géra de profiter de l'abfence de Prévert pour
la fouftraire à la féduction.

La fleur penchée ne reçoit pas plus de fraîcheur après une pluie bienfaifante qui redreffe
fa tige, que le vifage d'Emilie reprit de féré-
nité, quand le Baronnet lui propofa de la
conduire dans l'afyle facré qu'elle choifiroit.
Le nouveau Chevalier errant fut frappé de
la beauté de cette jeune perfonne : ce n'étoit
ni la régularité des grands traits, ni l'enfemble
de ces graces minaudières d'un minois de fantaifie ; mais c'étoit une fraîcheur de teint,
un contour de vifage fi agréable, des yeux
doux & à fleur de tête, un fourire fi gracieux,
une voix argentine & touchante, un intérêt
dans toute la phyfionomie que l'embarras de
la pudeur rendoit fi féduifant, que le lecteur
s'imagine à coup fûr que le jeune protecteur
va exiger d'avance le prix de fes fervices ;
mais alte-là : quand on va faire une action
généreufe, on n'a point de defirs malhonnêtes ;
fi par hafard dans ce moment-là l'ame fe fentoit un peu chatouillée par la concupifcence,
elle en auroit honte ; & puis Emilie n'étoit

pas une effrontée qui avoit perdu toute pudeur; ses remords la rendoient respectable, & elle fut respectée par le Baron ; oui, par un jeune homme de vingt ans, qui auroit pu s'oublier sans qu'on pût trop l'en blâmer. Il agit plus noblement en montrant de la retenue, & il n'y a qu'un fat ou un libertin qui puisse le taxer d'avoir été un sot dans cette occasion.

Le poids de son déshonneur pesoit si fort sur le cœur d'Emilie, qu'on lui vit un air de satisfaction aussi-tôt qu'elle eut quitté l'asyle de sa honte : elle eut la délicatesse de ne vouloir rien emporter de ce qui étoit resté de l'argent de sa dot ; elle l'abandonna au malheureux Prévert qu'elle ne pouvoit estimer, mais qu'elle plaignoit, de ce que la force irrésistible de ses passions l'entraînoit vers sa perte & dans des égaremens dont il l'avoit rendue, malgré elle, complice.

Emilie & son conducteur firent la plus grande diligence pour éviter les recherches de Prévert : ils ne doutoient pas qu'il ne se mît à leur quête ; & il étoit à présumer qu'il n'auroit pas épargné le ravisseur de sa Maîtresse. Sa consternation, son désespoir, sa fureur ne peuvent se peindre, lorsqu'à son retour il apprit leur évasion. Heureusement que le trouble où il étoit lui fit prendre pour des certitudes les indices qu'on lui donna, & qu'il s'engagea dans une autre route. Cependant après avoir erré sans succès, il atteignit le Baron en Italie.

Ayant mis en lieu de sûreté le dépôt dont il s'étoit chargé, le Baronnet reprit le dessein qu'il avoit de voyager. Il eut la précaution de payer la pension d'Emilie qu'il laissa dans un couvent, sous le titre de sa sœur. Il s'annonça lui-même sous celui d'un jeune homme de qualité, maître de son bien & de ses volontés, qui, pendant qu'il voyage pour s'instruire, confie à des mains sûres ce qu'il a de plus cher : il eut encore l'attention de pourvoir à l'avenir, au cas que son absence fût plus longue qu'il ne le comptoit. Des procédés si nobles rendirent Emilie si pénétrée de reconnoissance, qu'elle ne put voir arriver le moment de se séparer du Baron, sans en être amèrement affligée.

Les réflexions que cette aventure lui fit faire, rembrunirent un peu son imagination:

quoique le but de fon voyage ne fût que de s'amufer des tours de paffe-paffe que l'amour joue à l'hymen, comme il ne les traitoit point encore de plaifanteries, il réfolut, à fon retour, de réconcilier Emilie avec fes parens, enfuite de ne plus fe mêler de pareilles fredaines fi communes à Paris, qu'on n'y fait pas même attention : il réferva cette Capitale pour le terme de fes obfervations & de fes aventures.

L'infatigable *Abar-tucdoc* n'eut pas mis le pied en Italie, qu'à la première ville où il s'arrêta, l'amour le fervit à fon gré. La femme du Banquier auquel il étoit adreffé, lui fit les honneurs de fa maifon, en l'abfence de fon mari : elle étoit jeune, affez pourvue d'attraits, pas trop farouche ; & de plus, elle amufoit par une tournure d'efprit qui lui étoit propre. Sa vivacité, fon caquet agréable lui attirèrent de la part du jeune voyageur des galanteries françaifes qui font bien reçues dans ce pays-là par les femmes & mal par les maris. L'appétiffante Banquière avoit fes vues : tandis que fon mari alloit de ville en ville établir fon crédit & fa correfpondance, elle cherchoit de son côté à faire le bien de la maison.

Le jeune Baronnet n'étoit pas le premier novice à qui elle eût donné des leçons d'économie : comme il n'avoit connu jusqu'alors que des femmes désintéressées, il crut bonnement que le plaisir seul paieroit son gîte. En vrai Chevalier Français il poussa sa pointe, mais un obstacle imprévu arrêta son ardeur impétueuse.

Quand le Banquier faisoit ses tournées, il prenoit, pour conserver son honneur, certaine précaution italienne : cette maudite invention met une barrière invincible justement à l'endroit qu'on attaque le plus volontiers, sur-tout quand on est jeune & plein de feu. Désolé de ce contre-temps, l'impatient Baron vouloit briser la machine infernale ; les appas qu'il voyoit & ceux qu'il soupçonnoit, le mettoient hors de lui-même. L'adroite Banquière qui l'agaçoit d'une manière à l'amener au point de tout sacrifier pour triompher de l'impertinente ceinture, lui dit avec un air d'inquiétude, qu'elle ne vouloit pas s'exposer à être poignardée par son mari, s'il ne retrouvoit plus à sa place le gardien fidèle de son

honneur. L'amoureux voyageur frémit d'entendre que les Italiens font fi cruels, tandis
que les maris français font fi doux & fi
accommodans fur cet article. La fine mouche
ajouta qu'en rompant le maudit attrape-
galant, il feroit poffible, fans qu'on s'en
apperçût, de le remplacer par un autre,
parce qu'elle connoiffoit l'ouvrier qui l'avoit
fait ; mais que cet homme fe faifoit payer
bien cher, attendu qu'il s'expofoit au courroux & à la vengeance des maris qui l'employoient, & qu'il ne vouloit pas les tromper
fans avoir un profit qui l'étourdît fur les
rifques.

Le mot ne fut pas plutôt lâché que
l'inconfidéré Baronnet fit l'offre de cent
ducats, & remit à la dame une lettre de
change de cette fomme qu'il avoit à prendre fur fon mari. Auffi-tôt l'incommode
ceinture tomba en mille pièces, comme un
mur battu en brèche par le canon. L'aimable
voyageur en prit, comme on dit, pour fon
argent, & la galante Banquière ne compta
point avec lui de clerc à maître ; elle paffoit
la nuit dans les bras d'un beau garçon qui,

après avoir bien payé de sa bourse, payoit encore mieux de sa personne ; & quoiqu'elle eût d'abord montré de l'avarice, elle devint libérale de plaisir.

Cette nuit délicieuse se passa trop rapidement au gré des deux amans ; mais le mari devoit revenir le même jour, & sa présence chassoit les amours. Sa moitié lui fit tel mensonge qu'elle voulut sur la manière dont la lettre-de-change avoit été acquittée ; les femmes ont une présence d'esprit admirable pour ces sortes d'intrigues, & rarement un mari les prend en défaut de ce côté-là. Il ne parut rien de dérangé à la ceinture ; la rusée Italienne avoit eu le secret de s'en procurer une pareille du même ouvrier ; ainsi l'époux n'eut pas à s'écrier : *diantre soit de l'âne & de celui qui l'a bâté* !

L'enchantement dissipé, car quelqu'un a dit, *animal post coïtum triste*, ce qui signifie, *sot comme un renard pris par une poule*, le jeune *Abar-tuçdoc* réfléchit que de semblables nuits répétées n'appartenoient qu'à un Contrôleur des Finances. Heureusement que sa mère avoit prévu ces petits écarts, & que malgré ce déficit à fa recette, il fe trouvoit encore affez en fonds pour continuer fa route.

Le bruit des Fêtes que le Grand-Duc donnoit à Florence l'attira dans cette Ville autrefois la patrie des Sciences & des Arts, d'où ils ont été voyager dans les autres parties de l'Europe. Le Baron fçavoit que, dans la dernière guerre, fon père y avoit fait un ami, marié à une des plus jolies femmes de cette Capitale de la Tofcane. Un hôte de la figure de notre jeune Voyageur pouvoit donner de la tablature à la défiance italienne. Néanmoins l'époux Tofcan reçut le fils de fon ami avec les démonftrations d'une parfaite cordialité.

Ce Gentilhomme plus que feptuagénaire, avoit donc époufé Aurore *Amorofini*, une des plus belles filles de Florence, qu'on ne lui avoit facrifiée que dans l'efpérance de lui voir bientôt porter fon deuil, & jouir de vingt mille livres de rente, au cas qu'elle n'eût point d'héritier. La belle, par délicateffe & par amour pour un jeune homme, fes premières inclinations, avoit abfolument fermé fa porte & fon cœur aux tentatives

de ces furets galants qui font continuellement
à l'affut des jeunes femmes mal fervies. Celle-
ci avoit promis à fon jeune amant qu'auffi-tôt
fon veuvage elle lui porteroit fa main avec
une fleur inutile à fon vieil époux. Cette
raifon la faifoit vivre retirée comme une
prude qui a l'air de quitter le monde, quand
c'eft au contraire le monde qui l'a quittée.

Une conduite fi fage pour une jeune perfonne enchantoit le noble Tofcan; elle valut
même à fa difcrette moitié une entière liberté
dont elle n'abufoit pas. La charmante Aurore
fe feroit fans doute maintenue dans cette
réferve, fi l'étoile de fon mari n'eut amené
chez eux l'hôte féduifant qu'ils y reçurent.

Les premiers jours fe pafsèrent en politeffes
& en complaifances refpectives entre la dame
& le nouvel arrivé. On fit différentes parties
de campagne qui ne décidèrent rien; les
fêtes de la Cour furent plus dangereufes.

Le Gentilhomme Florentin, en fa qualité de
Chambellan, étoit obligé d'être affiduement
auprès du Prince; fa femme pendant fon abfence, eut des yeux pour le beau voyageur;
elle décora fon mari des marques d'honneur

qui ornent le turban du Grand-Seigneur,
comme le Grand-Duc l'avoit décoré de la
clef de Chambellan.

Le septuagénaire Toscan ne s'apperçut
point de la courtoisie de son hôte pour sa
femme : au contraire, il prenoit plaisir à ba-
diner l'aimable Français sur sa timidité auprès
des dames, & là-dessus il racontoit les aventures croustilleuses qui lui étoient arrivées
dans sa jeunesse. Si le bon homme eut réflé-
chi que le tempérament de sa chaste moitié
étoit un feu concentré qui ne demandoit qu'à
s'échapper, il se feroit bien donné de garde
de l'exciter par de pareils propos ; mais comme il étoit dans cet état de tranquillité, ou
plutôt de *nullité* qui en suppose autant dans les
autres, il ne se gênoit pas dans les récits de
ses prouesses galantes ; tic qu'il pouvoit avoir
contracté dans ses liaisons avec le Baron de
la Kuskosie, son défunt ami, qui se plaisoit
aussi à compter ses fredaines à tout venant :
les vieux Militaires sont volontiers bavards
& avantageux.

La jeune Aurore avoit déjà passé deux années avec son vieux Titon dans la privation

des plaifirs que l'hymen promet, mais qu'il ne
donne pas toujours ; elle ne foupçonnoit pas
même qu'elle eût du goût pour eux ; fembla-
ble en cela à ceux qui font vœu d'y renoncer
avant que la nature fe foit développée, ou
lorfqu'elle ne leur dit plus rien, cette charmante Florentine n'eut d'autre mérite que de
vivre dans une infenfibilité que devoit naturellement lui infpirer la vieilleffe de fon mari ;
mais dès le moment qu'une étincelle du defir
fut tombée fur fon cœur, ce fut un volcan
qu'on ne put plus éteindre ; fes yeux, fon
fein, tout devint animé, & ne refpira que
la volupté.

Il eft, dit-on, deux chofes qu'on ne peut
cacher. Le premier amant de la belle Tofcane s'apperçut du changement qui s'étoit
fait dans fa maîtreffe : quoiqu'il fe fût con-
tenté de foupirer éloigné d'elle depuis qu'elle
étoit mariée, & de refpecter fes liens, il
avoit toujours eu l'œil fur fes démarches ;
il ne douta point que le Voyageur Français
ne fût la caufe de cet air décidé qui avoit
fuccédé en elle à une retenue qui faifoit le
charme & l'efpoir de fa paffion ; elle lui avoit

promis de s'unir à lui ; il attendoit patiemment que le mari lui cédât une fleur qu'il auroit mal cultivée ; mais la croire en proie à un étranger qui la faccageoit , ce fut une jaloufie, une fureur qui enfantèrent en lui le defir de la plus noire vengeance.

Un foupçon eft une certitude pour un cœur italien. L'amant outragé épia le jeune Français, & lui porta noblement un coup d'épée par derrière. Le Baron fe fentant bleffé, fe retourne furieux contre fon Adverfaire qui fe met à fuir : il le pourfuit le fer à la main, en lui reprochant fa lâcheté, & il s'en feroit fait juftice fi un nouvel affaillant plus redoutable ne l'eut attaqué au détour d'une rue. L'Italien le voyant pouffé & preffé vertement, revint fur fes pas pour fe mettre contre lui : c'étoit fait du Baronnet fans la générofité d'un cavalier qui accourut à fon fecours.

L'Italien n'avoit repris du courage que parce qu'il voyoit la partie inégale ; il ne tint pas long-temps contre le brave qui lui ferroit le bouton , & il dut fon falut à la légèreté de fes pieds.

L'inconnu contre qui le Baronnet avoit affaire, se battoit avec plus d'acharnement; il étoit masqué, & on jugeoit à la furie des coups qu'il cherchoit à porter, qu'il en vouloit à la vie de son ennemi. *Abar-tucdoc*, tout bon escrimeur qu'il étoit, se tenoit sur la défensive : cependant une feinte placée à propos, dégagea son fer, & il atteignit son Adversaire, qu'il vit chanceler & tomber en même temps.

Sa générosité le fit s'empresser à donner du secours à son ennemi vaincu : le sang couloit avec abondance de la plaie; le masque qui s'étoit dérangé dans la chûte, laissa reconnoître, avec la dernière surprise, au Baronnet les traits de Prévert, qui jetta un cri de fureur en appercevant celui qui l'accompagnoit. Cette rencontre demandoit des éclaircissemens. Les deux champions firent transporter Prévert chez un Chirurgien qui sonda la plaie & la jugea mortelle. Le Baronnet, quoique blessé légèrement par l'Italien, avoit aussi perdu du sang qu'il n'avoit point senti couler dans la chaleur du combat. Un léger appareil le mit à l'abri de tout danger.

Le service qu'il venoit de recevoir lui fit vouer à son libérateur une amitié & une reconnoissance éternelles : comme il le pressoit de lui apprendre à qui il avoit tant d'obligation, on vint leur dire que Prévert demandoit avec instance de leur parler, mais qu'ils ne tardassent point, parce que probablement il lui restoit peu d'instans à vivre. Aussi-tôt qu'ils l'abordèrent, il leur dit d'une voix foible : « le juste Ciel me punit de mes fautes & de mes crimes ; j'ai enlevé la femme de Monsieur (en montrant l'étranger), mais·elle n'est point coupable : je l'ai trompée en l'attirant dans le piège que je lui avois tendu ; sa candeur l'a empêché de l'appercevoir ; je l'ai mise dans l'impossibilité de prendre un autre parti que celui de me suivre : je l'aimois avant vous ; le désespoir de la perdre m'a fait tout oser. Je vous aurois arraché la vie à vous-même, ou vous auriez eu la mienne, si vous me l'eussiez disputée : existe - t - elle encore, ajouta-t-il en soupirant ? qu'elle me pardonne mon audace, elle étoit née pour la vertu. . . . . en prononçant ces dernières paroles, il lui prit une foiblesse, & on le crut mort.

Le Baronnet fauta au cou du mari d'Emilie. C'étoit une joie bien pure pour lui de devoir la vie à l'époux de celle avec qui il s'étoit comporté fi généreufement : il lui apprit par quelle rencontre fortuite il avoit découvert fa retraite, & celle où elle avoit demandé elle-même d'être conduite ; il finit par l'affurer qu'Emilie étoit encore digne de lui par fon retour à la vertu, & par les aveux que la force de la vérité venoit d'arracher à Prévert dans un moment où il n'avoit plus d'intérêt à diffimuler.

Le Confeiller, ami du Baronnet, qui avoit montré tant de bravoure, avoit fait fon Académie dans un Corps dont il n'étoit forti que parce que cette jeune pépinière d'Officiers avoit été fupprimée. Né dans la Robe, il n'avoit plus eu d'autre parti à fuivre que de reprendre cet état. Plein d'honneur, & fenfible à l'affront qu'il avoit reçu tout en fe mariant, il n'avoit point voulu que d'autres mains le vengeaffent de la perfidie de fon époufe & de fon féducteur ; il n'avoit même jamais voulu confentir d'être tympanifé dans les Tribunaux, regardant cette forme comme insuffisante pour réparer une offense aussi cruelle. Il chercha par-tout Prévert pour l'immoler à son ressentiment, & il eût péri de sa main s'il l'eut rencontré le premier.

Le Magistrat sentit renaître sa tendresse pour Emilie en apprenant qu'elle avoit été plus légère que coupable ; & s'il ne lui pardonna pas dès ce moment, c'est qu'il lui falloit encore quelques aveux de sa bouche. Le soin qu'il eut de s'informer si elle ne manquoit de rien, la crainte qu'elle ne voulût point revenir avec lui, le plaisir qu'il prenoit à faire répéter au Baron les remords dont elle étoit déchirée, firent juger à cet ami qu'il ne devoit plus différer de le conduire dans l'asyle où cette malheureuse victime de son imprudence languissoit de douleur & de tristesse. Comme il avoit entretenu avec elle un commerce de lettres, dans lesquelles elle lui témoignoit ses regrets d'être un objet de mépris à sa famille & à son époux, la lecture de ces lettres que le Baronnet lui communiqua, achevèrent de la justifier à ses yeux.

Le combat des deux Français fit du bruit à Florence ; on vantoit par-tout leur courage

&

& on étoit indigné de la lâcheté de leurs af-
faffins. Comme le premier agreffeur avoit
été arrêté en fe fauvant, & qu'il n'avoit été
relâché qu'en déclinant fon nom, par lequel
il appartenoit à une famille honorable, mais
peu riche de cette ville, on ne douta plus
que fa jaloufie contre l'hôte du Chambellan
ne l'eût porté à lui faire un mauvais parti.
Le noble Tofcan inftruit lui-même que / fa
femme étoit l'objet de tous ces démêlés, la
furveilla de fi près, qu'*Abar-tucdoc*, peu
curieux de fe faire poignarder une feconde
fois, retourna fur fes pas avec le mari d'Emilie
chercher cette Reclufe intéreffante. Il fit fes
adieux au Gentilhomme Florentin ; mais il
ne put voir l'incomparable Aurore : il la
regretta, ou plutôt il regretta les plaifirs
qu'elle lui avoit procurés ; car les jeunes-gens
ennobliffent volontiers leur libertinage du
nom de *fenfibilité* ou de *fentiment*, tandis qu'ils
n'ont qu'un penchant irréfiftible à la débauche,
pour laquelle ils facrifient fouvent leur fortune
& leur fanté.

Le Confeiller Robincour étoit une efpèce
de Philofophe qui, fur la démarche d'Emilie

de fe retirer dans un Couvent, avoit jugé du premier coup-d'œil qu'on pouvoit la ramener à la vertu & en faire une excellente femme : il l'aimoit, & les aveux fortis de la bouche de Prévert prefqu'expirant, ne lui laiffoient aucun doute qu'elle n'eût été entraînée dans des égaremens que fon cœur défavouoit : ainfi fa conclufion fut, qu'ayant commencé par s'émanciper, elle finiroit par être fage ; au lieu que tant de belles Dames qui font des *Lucrèces*, ou qui en jouent le rôle étant filles, finiffent par être des éveillées qui en donnent à garder à leurs époux. Il faut tout dire : ces Meffieurs veulent avoir des Maîtreffes, des caprices : la loi doit être égale : au refte, ces aimables fripponnes ont fouvent mille excufes pour une; ce font les mauvaifes façons, les dégoûts, l'inconftance d'un mari ; & de votre côté, un peu de tempérament, ne vous en déplaife, mes belles rancuneufes. Il faut être de bonne foi : avec vous, le Diable & les galans ne trouvent pas mal leur compte; qu'en dites-vous ?

Il eft bon d'avoir un peu l'ufage du monde, pour ne pas prendre fi fort à cœur ces fortes d'équipées ; on est encore heureux d'être bien éduqué, pour ne se pas dire des pouilles en pareille rencontre : il n'y a que la canaille qui se fasse des reproches sanglans, & qui en vienne ordinairement aux coups de poing pour de semblables fredaines.

On a beau dire que la Philosophie n'est aujourd'hui qu'un vain nom qui boursouffle d'orgueil ceux qui en font parade : sans elle, le Conseiller ne se fût pas mis au dessus des préjugés ; il eût méprisé une femme qui pouvoit redevenir estimable, & il se fût privé de la douce consolation de lui faire de petits Magistrats, ou de petits défenseurs de la Patrie qui, en perpétuant son nom, pouvoient être utiles à l'Etat. Il vit donc tout le mal qu'il feroit en gardant rancune à sa femme, & il le vit en Philosophe à qui l'expérience a fait connoître que l'espèce humaine fera toujours des sottises mêlées de bonnes actions, & n'en sera pas meilleure. Je veux bien qu'on se gendarme un peu de rencontrer aussi souvent de petits personnages, des fats, des ignorans, des catins, des Mercures, des usuriers, des sang - sues publiques ; eh bien, ne pouvant les éviter,

il faut vivre avec cette racaille-là : voilà mon
fystême.

Tandis que cet époux & son ami *Abar-*
tucdoc font en chemin pour aller tirer Emilie
de fa prifon volontaire , cette belle reclufe
s'étoit liée d'amitié avec une Religieufe qui
avoit également à fe plaindre de l'amour : on fe
doute bien qu'elles fe firent confidence pour
confidence ; car deux femmes qui ont chacune
un fecret fur le cœur , ne demandent pas mieux
que de fe le communiquer. Après qu'Emilie
eût fatisfait la curiofité de la Religieufe,
celle-ci la paya de la même confiance.

« J'ai ignoré long-temps, lui dit-elle , les
auteurs de mes jours : un honnête villageois
& fa femme en eurent pour moi les foins &
la tendreffe. Comme ils vinrent s'établir dans
un village où ils étoient inconnus, on me
crut leur fille. La difcrétion de mes nourriciers mettoit en défaut la curiofité des autres
Payfans , & leur conduite irréprochable im-
pofoit filence aux foupçons. Cependant les
attentions du Chevalier de *Florival*, Seigneur
de l'endroit où je fus élevée, donnèrent à
penfer ; & comme j'avois la figure , à ce qu'on

difoit, affez paffable, on fe perdoit en conjec-
tures fur les foins qu'il prenoit de moi : on
me regardoit comme une favorite future qu'il
élevoit à la brochette.

Quoique je me cruffe de bonne foi la fille
d'un payfan, je n'en avois ni le ton ni les
manières ; une certaine délicateffe dans les
fentimens me donnoit l'ambition de plaire à
quelqu'un qui eût reçu de l'éducation. Prévert,
le fils du Fermier du Seigneur . . ., à ce nom
Emilie jetta un cri douloureux qui apprit à
la Religieufe qu'il étoit l'auteur de fes peines ;
celle-ci dans fa narration avoit prudemment
fupprimé les noms : ainfi elles revinrent à
des éclairciffemens qui leur firent connoître
qu'elles avoient été toutes deux féduites par
le même homme.

Après s'être embraffées cordialement, la
Religieufe continua : « Prévert revint du Collège avec ce petit orgueil qui le diftinguoit
des autres garçons du Village ; vous fçavez
qu'il a de la phyfionomie & de l'efprit. Comme
je paffois pour être jolie, il me rechercha ;
je ne l'évitai point : nous rougîmes en nous
abordant, & dès cet inftant nos cœurs s'en-
tendirent.   E iij

Le père de Prévert avoit sur lui d'autres vues que celles que nous eûmes en nous aimant : il fut bientôt instruit de l'inclination de son fils pour moi, & dès cet instant il lui signifia qu'il falloit y renoncer. Ce n'est pas le meilleur parti que les parens puissent prendre de heurter de front leurs enfans ; la jeunesse est bouillante, il faut peu à peu la calmer par des conseils & non par la roideur : la voyez-vous se porter avec chaleur vers un objet qui peut nuire à son avancement ; si vous la contrariez, elle s'obstine & finit par faire des équipées.

Le mépris que le père de Prévert paroissoit faire de moi, piqua mes nourriciers : il leur échappa de dire en ma présence, que je lui ferois trop d'honneur si je voulois de son fils. Ces paroles mirent en mouvement mon imagination, & ma petite vanité se donna la torture pour expliquer cette énigme ; je les pressai en vain de m'en donner le mot : je conclus cependant en rapprochant les soupçons & les bruits qui avoient transpiré, que je pourrois fort bien n'être pas leur fille, & j'en étois sincérement affligée, car je les aimois avec la même tendreffe qu'ils m'avoient toujours témoignée.

Prévert au défefpoir vint m'annoncer les intentions & les ordres de fon père : il vouloit qu'il prît le petit collet, & qu'il partît dès le jour même. Je pleurai, je m'arrachai les cheveux, & la foumiffion apparente de mon amant aux volontés de fon père, me porta la mort dans le cœur : je le traitai d'ingrat, de perfide qui me facrifioit fans regret à l'ambition de s'élever au deffus de fa fphère. Je le connoiffois mal ; il n'étoit que diffimulé : ainfi il me quitta fans me faire part de ce qu'il méditoit.

Au milieu de la nuit je fus éveillée en furfaut par une voix que je ne reconnus point ; mais la récidive m'apprit que j'entendois mon amant : je me lève tremblante & à moitié habillée pour lui ouvrir la porte du jardin par lequel il s'étoit introduit : je pris garde de faire du bruit, de peur d'éveiller mes nourriciers. Hélas ! les bonnes gens dormoient fur la bonne foi de l'honnêteté dans laquelle ils vivoient ; & ils n'avoient aucun foupçon que j'allois me perdre fi près d'eux.

La chambre où je couchois n'étoit féparée

de la leur que par une mince cloifon. Prévert profita de ce que je m'étois mife moi-même dans le cas de n'ofer appeller du fecours ; il me faifit dans fes bras : le défordre de mon habillement, mes appas qu'il avoit à difcrétion, la chaleur des baifers qu'il me donna dans le court trajet que nous fîmes pour regagner ma chambre, lui plein de feu & moi de foibleffe, mon lit fur lequel il me porta, tout fe réunit contre ma vertu. L'obfcurité eft toujours dangereufe pour une jeune perfonne, quand elle eft avec fon amant : celle qui régnoit m'empêcha de voir le précipice dans lequel je tombois. Des pleurs inondèrent mon vifage ; Prévert les effuya par les plus tendres proteftations, & redevint téméraire. Hélas ! ma chère amie, le premier pas fait, les hommes font maîtres de tout.

L'amour eft éloquent, & encore plus perfuafif. Après ce qu'il venoit d'obtenir de moi, Prévert favoit bien qu'il n'étoit plus en mon pouvoir de lui réfifter. Alors il me propofa de le fuivre en pays étranger, pour nous mettre à l'abri de la tyrannie de fon père. Il m'apprit que par fa feinte foumiffion il avoit fçu

en tirer une fomme qu'il avoit même aug-
mentée par l'avance de fa penfion , & qu'une
voiture nous attendoit hors du village.

La timidité eft naturelle à notre fexe; nous
accordons bien aux hommes ce que nous
avons de plus cher, même quelquefois fans
regret, parce que l'occafion & la chaleur du
fang qui s'allume, nous étourdiffent fur les
conféquences & nous mènent fouvent plus
loin que nous ne l'aurions cru ; mais quand il
s'agit de faire une démarche éclatante, cette
idée nous effraie : le chagrin que j'allois caufer à mes nourriciers, l'opinion qu'on auroit
de moi, l'eftime publique que j'allois perdre,
ces confidérations m'arrêtèrent. Prévert témoin de mon irréfolution , me menaça de
m'abandonner pour jamais, ou de fe poignarder à mes yeux. Vous fçavez qu'il eft violent
& entier dans fes volontés : l'idée d'en être
féparée pour la vie me fit frémir; je me laiffai
entraîner où il voulut.

Le guide qu'il avoit pris pour garder la
voiture pendant qu'il étoit venu me chercher,
foupçonna la vérité en me voyant arriver
avec lui. Cependant Prévert chercha à le

dépayfer par un menfonge, en lui difant que j'étois fa fœur qu'il alloit conduire chez une tante, parce qu'on vouloit me forcer à époufer un homme que j'avois en horreur. Le rufé Villageois feignit de donner dans le panneau, & n'en conclut pas moins que c'étoit quelque équipée de jeunes étourdis qui s'efquivoient de chez leurs parens pour n'être pas gênés dans leurs plaifirs.

Nous étions trop occupés de nous mêmes pour avoir aucune inquiétude de cet homme, à qui nous étions inconnus, & qui d'ailleurs avoit été affez généreufement payé pour ne pas nous trahir. Son évafion dont nous ne nous apperçûmes qu'au point du jour, nous fit doubler le pas pour gagner la première pofte. A peine étions-nous à la feconde, que Prévert entendant des chevaux galopper à toute bride derrière nous, foupçonna qu'on nous pourfuivoit & pâlit : au même inftant deux cavaliers, le piftolet à la main, arrêtent notre voiture & l'obligent d'en defcendre. Je m'évanouis de frayeur, & quand j'eus repris connoiffance, le trouble où j'étois en-core m'empêcha de reconnoître le Chevalier de Florival qui étoit affis à mes côtés. Je lui demandai avec vivacité & tout en pleurant de quel droit il m'ôtoit à ce que j'aimois? ---- Par un droit que vous connoîtrez bientôt, Mademoifelle. Ce mot de *Mademoifelle* me frappa, moi qu'on avoit toujours appellée *Cécile* tout court. Je jettai un cri en reconnoïffant à fa voix le gentilhomme qui m'avoit témoigné tant de bonté dès mon enfance. L'autre homme qui l'accompagnoit, étoit notre guide fugitif : l'appât de gagner une feconde récompenfe l'avoit fait retourner fur fes pas au Village, fe doutant bien qu'on y feroit allarmé de notre fuite. Il ne fe trompa point, & le Chevalier de Florival le paya largement de lui avoir découvert nos traces.

L'illufion & le charme qu m'avoient entraînée fur les pas de Prévert, ne me laiffèrent, en fe diffipant, que le regret d'une démarche inconfidérée. Je m'attendois à une réprimande févère & les larmes rouloient dans mes yeux : je baiffois la vue comme une perfonne qui a plus d'un reproche à fe faire. Le Chevalier eut pitié de mon état, & m'embraffant lui-même, les larmes aux yeux, ma chère fille,

me dit-il, car je puis vous appeller de ce
nom, puiſque la nature vous le donne, quoique les loix vous le refuſent, ſi le ſecret de
votre naiſſance vous eſt inconnu, c'eſt que
j'en ſuis le ſeul dépoſitaire avec les deux
honnêtes gens chez qui vous avez été élevée.
Votre mère a formé des liens que je reſpecte
& que vous devez reſpecter en évitant de
vous en faire connoître & de chercher à vous
rapprocher d'elle.

Le ſervice qui eſt l'état naturel d'un gentilhomme, m'appella dans une ville de garniſon qui étoit celle du Régiment où j'entrai
à dix-huit ans Volontaire. Quoique jeune &
dans l'âge de faire autant d'étourderies que
mes camarades, mon éducation cultivée, mes
principes, un peu de Philoſophie me firent
ſuivre une conduite toute oppoſée à la leur :
cela étonna dans un jeune Militaire, & me
valut de mauvaiſes plaiſanteries. Cependant
j'y gagnai l'eſtime des gens ſenſés, & les
maiſons les plus honnêtes me furent ouvertes :
j'y rencontrai votre mère dont la beauté faiſoit
du bruit & le déſeſpoir des libertins du plus
haut rang qui employoient tous les moyens
pour l'attirer dans leurs pièges,

Une réciprocité d'eſtime fut le commen-
cement de notre liaiſon ; l'amour finit par être
de la partie. Le ſentiment, les délicateſſes,
les prévenances nous firent vivre pendant un
an dans une ſatisfaction délicieuſe qui ne peut
être ſentie & conçue que par ceux qui aiment
véritablement. Une fête que ſes parens donnèrent à la campagne, à laquelle je fus invité,
devint l'écueil de la pureté de nos plaiſirs :
un petit divertiſſement compoſé exprès, dans
leſquels nous jouâmes les rôles d'amoureux,
nous fit réaliſer ce qui n'étoit qu'une fiction
dans la pièce, & nous en pouſsâmes le dénoue-
ment plus loin qu'il ne le falloit.

La confiance que nous avions dans nos
ſentimens mutuels, ne nous fit enviſager cette
anticipation de deux cœurs faits l'un pour
l'autre ſur une union qu'ils deſiroient avec
une égale ardeur, que comme un motif de
nous aimer encore davantage. Cependant les
ſuites de notre attendriſſement théatral ne
purent long-tems ſe cacher ; nous réſolûmes
de nous découvrir à ſa mère. Cette femme
reſpectable ſentit ſon imprudence d'avoir laiſſé
ſur leur bonne foi deux jeunes gens que la

nature pouvoit conduire à s'oublier. Elle n'héfita point à envoyer fa fille chez les deux honnêtes villageois qui vous ont nourrie, fous prétexte d'y prendre l'air, par rapport au dérangement de fa fanté.

Le terme des couches approchant, on prit toutes les précautions pour en dérober la connoiffance, & le fecret ne tranfpira point. Par un autre bonheur, votre nourrice perdit fon enfant, & on lui fubflitua celui de ma Cécile, vous-même ma chère fille. Comme le Payfan eft naturellement curieux, & qu'il en eft de rufés qui pénétrent ce qu'on cherche à leur cacher, auffi-tôt que votre mère put fans danger retourner à la maifon paternelle, je fis quitter à vos nourriciers leur village, en leur procurant dans ma terre une vie aifée & tranquille.

La guerre qui s'alluma, me contraignit de partir avec le Régiment; le bruit courut que j'avois été tué dans une action très-vive où il avoit été fort maltraité : ma chère Cécile & fa mère faillirent d'en mourir de douleur. Ce fut dans la perfuafion que je n'étois plus, qu'elle fe laiffa traîner à l'autel pour époufer un homme de robe : j'ai cru devoir la laisser dans fon erreur, afin de ne pas troubler fa tranquillité, ni lui caufer de nouveaux regrets : un ami que j'ai confervé dans cette ville, m'inftruit de tout ce qui la concerne ; car elle ne peut m'être indifférente, & par rapport à elle & par rapport à vous.

Depuis la paix, la réfolution que j'ai prife de refter garçon & de vivre en Philofophe, m'a fait quitter le fervice, non par la crainte des rifques qui l'accompagnent, mais parce qu'on peut être utile d'une autre manière à fa patrie. J'aime à créer au lieu de détruire : mes revenus qui fuffifent plus qu'à mes be-foins, me procurent les moyens d'encourager mes vaffaux à cultiver la terre qui eft la nourrice de ceux qui la défendent.

Je vous voyois croître avec intérêt fous mes yeux ; ne pouvant vous donner mon nom, je vous aurois fait un fort : j'ai fçu l'inclination que vous aviez pour Prévert ; & s'il ne fe fût pas démafqué, en abufant de votre jeuneffe & de votre inexpérience, j'aurois confenti d'en faire votre époux : il a fans doute le cœur vicieux, puifqu'il débute dans le monde par une action qui eſt celle d'un libertin près de ſe familiariſer avec le crime. Je l'aurois traité comme il le méritoit, ſans la conſidération que j'ai pour ſon père; mais il eſt aſſez puni de ce que je lui ai ravi ſa proie.

Comme toute votre faute vient de l'amour & de la jeuneſſe, vous avez trop de ſentiment pour reparoître avec effronterie dans un endroit où votre fuite a fait de l'éclat: voilà pourquoi je ne vous ai pas propoſé de vous reconduire chez vos nourriciers. J'ai préféré de continuer la route, dans le deſſein de vous remettre entre les mains de ma ſœur qui eſt Supérieure d'une Maiſon où vous reſterez le temps que vous voudrez.

J'embraſſai avec des larmes de reconnoiſ-ſance & de joie ce tendre & reſpectable père qui m'ouvroit un aſyle après les deux terribles inconſéquences que j'avois commiſes. Il y a dix ans que j'y ſuis entrée comme une orpheline, recommandée par le frère de la Supérieure: elle ſait mon aventure &, ſans m'exciter à prendre le voile, elle me l'a donné avec joie, quand elle a été aſſurée que je n'en aurois aucun regret. Mon père a payé généreuſement

ma

ma dot, & me donne même du superflu : j'ai
le bonheur de recevoir souvent des marques
de sa tendresse, qui ne s'est point refroidie,
par les fréquens voyages qu'il fait ici, depuis
que je suis liée par des vœux.

Pendant qu'elles s'entretenoient de lui, ce
militaire citoyen se présentoit à la grille,
impatient d'embrasser sa chère Cécile. Pour
cette fois elle y mena son amie qu'elle fit
connoître à son père. Le Gentilhomme frappé
d'entendre le nom de Robincour, mêlé dans
les aventures d'Emilie, ne douta point qu'elle
ne fût celle qui avoit causé du désordre & du
chagrin dans la famille de la mère de Cécile,
& fut sur le point de la mépriser ; mais, mieux
instruit de ses foiblesses & de ses égaremens,
il la plaignit : quand il sçut que Prévert en
étoit encore l'auteur, il jura de l'en punir
d'une manière éclatante, s'il le rencontroit
jamais.

L'arrivée de deux étrangers qui lui étoient
inconnus, lui fit suspendre ses imprécations
contre le coupable Prévert. Emilie qui reconnut l'un d'eux pour son mari, tomba sans
connoissance : Cécile & son père demeurèrent

tout ſtupéfaits de cette ſcène. On fit revenir Emilie de ſon évanouiſſement : quoique prévenue par une lettre d'*Abar-tucdoc*, l'effet que la préſence de ſon mari fit ſur elle, marquoit aſſez ſon repentir. Robincour courut embraſſer ſa femme & la raſſurer. Il lui pardonna ſincèrement, & il ne fut aucunement parlé du paſſé, comme il ſe pratique parmi les gens bien nés & d'un certain rang.

Toutes ces rencontres donnèrent lieu à des éclairciſſemens qui firent connoître que la Religieuſe étoit la ſœur utérine & naturelle du Conſeiller : elle n'en devint que plus chère à Emilie ; mais le Magiſtrat parut interdit : il avoit de l'honneur, & croyant que ſa mère avoit été jouée comme le font la plupart des filles des garniſons, il fit au Gentilhomme un ſigne qui ne fut apperçu de perſonne. Ils ſortirent enſemble, & quand ils furent ſur le pré, le Militaire philoſophe lui dit : Votre mère ne me pardonneroit jamais d'avoir tué un fils qu'elle aime, ni à vous, Monſieur, d'avoir donné la mort à quelqu'un qu'elle eſt forcée d'eſtimer. Le ſort des armes eſt incertain ; j'ai de l'honneur autant que vous ; les hommes ne font pas faits pour s'égorger fans fujet ; différons : votre mère fera notre juge ; & fi elle me donne des torts , alors je me battrai.

Le ton de vérité avec lequel le Gentil-homme prononça ces paroles fit impreffion fur le Magiftrat ; il baiffa la pointe de fon épée & embraffa fon adverfaire. Abar-tucdoc inquiet de leur abfence , étoit arrivé affez tôt pour les féparer , fi leur démêlé eut eu des fuites.

Quelque fatisfaction que toutes ces per-fonnes éprouvaffent par la réception que leur fit la Supérieure , à la confidération de fon frère , l'intérêt d'Emilie exigeoit qu'ils ne prolongeaffent point leur féjour : le père de Cécile voulut être du voyage , peut-être par le defir de revoir l'objet de fes premières amours. Le jeune Magiftrat vit bien par cette démarche franche , qu'il ne lui en avoit point impofé : il fit même à ce fujet une réflexion ; c'eft qu'il avoit le même fort que fon père , & de plus que lui , l'éclat. Mais il gliffa fur ce point , & il dut encore cette confolation à la Philofophie qui prend les chofes comme elle les trouve , fans imiter ce fou de Dom

Quichotte qui vouloit redreſſer tous les torts ; choſe impoſſible tant qu'il y aura des femmes : elles n'en vont pas moins leur train ; & ſauve qui peut, une fois que l'hymen vous a mis dans ſa galère.

La famille d'Emilie & celle de ſon mari ne firent pas plus de difficultés de lui tendre les bras que lui - même n'en avoit fait. Toùt le monde l'aimoit ; mais par décence & afin de lui épargner de la confuſion, la parenté ſe rendit à une Terre où cette aimable repentante demanda elle-même de reſter. Abar-tucdoc fut fêté & remercié. Dans les commencemens de la retraite d'Emilie au Couvent, elle n'avoit eu d'autre conſolation que de lire les lettres qu'il lui érivoit, non pour la ſéduire, car il avoit eu avec elle des procédés trop nobles & trop déſintéreſſés, mais pour l'affermir dans ſon retour à la vertu. Cette conformité de ſentimens avec ceux du Chevalier de Florival, valut au Baronnet l'eſtime & l'ami- tié de ce Gentilhomme.

Madame de Robincour, la mère, revit avec ſurpriſe ſon premier amant qu'elle croyoit mort ; elle fut attendrie & pénétrée, quand elle fçut les foins qu'il avoit pris du fruit intéreffant de leurs amours, & le fort tranquille qu'il lui avoit procuré. Cette bonne Dame en fit confidence à fon mari : une pareille confidence eft délicate ; tout homme de bon-fens la regardera comme la preuve de la candeur d'une ame honnête , incapable de manquer une feconde fois. Le Magiftrat, père, la reçut & l'envifagea fous ce point de vue. Il fut même inftruit par lé Chevalier, que s'il eut été le maître de fes volontés, Madame de Robincour n'auroit jamais eu d'autre époux que lui ; & que fi celle-ci ne l'eut cru tué , elle auroit attendu qu'il pût difpofer de fa main. Le Magiftrat fentit qu'il s'étoit emparé d'un bien dont un autre avoit déjà pris poffeffion ; mais comme il en étoit content & qu'il ne pouvoit le rendre , il n'en eftima pas moins fa femme, & continua de vivre avec elle fans lui faire aucun reproche. On dit que le père & le fils ayant leur petit fait conftaté, c'eft à cette occafion qu'on fit ce contrat de famille pour paffer de main en main jufqu'à la dernière poftérité & confoler les defcendans qui feroient dans le même cas que leurs aïeux. Bien des gens font forcés d'avaler la pilule & rient encore du conte naïf que leur en fait à fa manière l'ingénu la Fontaine, fans avoir un pareil contrat confolateur de quatre bons mille écus de rente.

Le fils du Baron de la Kuskôfie qui avoit eu dans fon enfance des aventures de poliffon, qui, plus grandelet, avoit quelquefois fait l'*Hercule* auprès des jolies femmes, revenoit donc d'Italie où les cadenas lui avoient coûté un peu cher. Il avoit acquis un ami dans le Confeiller de Robincour, en fauvant fa femme des attentats d'un féducteur, & il s'applaudiffoit de l'avoir rendue à fon mari & à fa famille. N'ayant plus rien à faire au milieu de toute cette parenté qui le vit partir à regret, il prit le chemin de la Capitale avec le Chevalier de Florival devenu également fon ami, en admirant fa retenue & la délicateffe de fes procédés avec Emilie.

Le Chevalier alloit à Paris voir une belle-fœur, veuve de fon frère qui avoit péri dans un combat naval où il s'étoit défendu avec beaucoup de courage : ce brave Officier avoit fait fauter le vaiffeau qu'il commandoit, plutôt que de fe rendre. Cette action valut à fa veuve une penfion qui la mit à même de fe foutenir avec honneur : mais fa fille qui étoit vraiment une beauté, devoit être un jour plus riche, en devenant l'héritière du Chevalier qui, au moyen du parti que Cécile avoit pris, réuniffoit toutes fes vues fur cette nièce qu'il n'auroit pas été fâché de faire époufer à fon ami Abar-tucdoc.

Quoique leur expérieuce, à l'un & à l'autre, leur eût appris que rien n'eft fi fcabreux que le mariage, comme c'eft aujourd'hui l'article du bien qui fait ouvrir les yeux fur la dot, & les ferme fur le refte, le Baronnet ne fe fentit aucune répugnance à époufer *Riantine* de Marinfort, à la première ouverture que fon ami lui en fit.

Chemin faifant, les deux voyageurs eurent occafion de donner des preuves de leur courtoifie & de leur loyauté envers les belles : des cris qu'ils entendoient partir d'une cabane ifolée au milieu des champs & qui fervoit de refuge aux Bergers contre le mauvais temps, attirèrent leur attention. Au grand galop & le piſtolet à la main, nos deux Chevaliers errans accourent au ſecours de l'infante plaintive. La porte eſt à peine ouverte qu'ils voient fuir par une autre iſſue un grand jeune homme qui ſaute leſtement ſur un cheval qu'il tenoit tout prêt & qui s'enfuit à toute bride. La proximité d'un bois l'eut bientôt dérobé à leur vue.

Leur premier mouvement fut de ſecourir une jeune fille qu'ils trouvèrent étendue ſans connoiſſance : pendant qu'ils lui donnent des ſoins, le coupable a le tems de leur échapper. Ils voient avec étonnement à côté d'elle un piſtolet chargé & une bouteille remplie d'une liqueur. Revenue à elle, la petite perſonne leur conte avec effroi que le fugitif a voulu lui faire violence. A peine avoit-elle quatorze ans ; elle ne manquoit ni d'attraits ni d'eſprit : elle pria ſes libérateurs de la reconduire chez ſes parens, à la ville qui n'étoit éloignée que d'une demi-lieue. Cette complaiſance qu'ils ne purent lui refuſer, leur valut l'explication de ce qu'elle ne leur avoit dit que ſuccinctement & encore toute effrayée de la ſcène dont elle avoit été l'héroïne.

Le malheureux, leur dit-elle, qui m'a insultée, a conçu pour moi un amour forcené : élevée dès l'enfance avec son frère, la conformité de nos caractères, une sympathie, un certain je ne sçais quoi lia nos cœurs de cette amitié enfantine qui devient amour quand on grandit. Nos parens ne s'opposèrent point à cette inclination innocente de deux enfans que le Ciel sembloit destiner à s'unir un jour ; ils en parloient même avec la confiance de voir réaliser ce qui ne leur paroissoit qu'un jeu, car nous nous donnions déjà les noms de *mari* & de *femme*.

Le frère de mon petit mari, plus âgé que lui & d'un emportement qui va jusqu'à la violence, me vit avec les yeux du libertinage & devint jaloux de l'espèce de bonheur de son frère : il me déclara qu'il m'aimoit, & me le dit avec des gestes qui me firent éviter de me rencontrer une autre fois avec lui. Il s'irrita de ma résistance, & prit sérieusement de l'amour pour moi. Heureusement que j'en fus délivrée, ou que je crus l'être, par son départ pour une garnison où il alloit joindre le Régiment dans lequel on lui avoit acheté une Lieutenance.

L'exemple qu'il reçut fans doute de fes camarades qui dans leur jeuneffe font fouvent des étourdis fans frein, ou plutôt, le libertinage pour lequel il avoit un penchant décidé, le fit bientôt revenir fans congé : il n'ofa fe montrer chez fes parens qui habitent une Terre qu'ils ont dans ce voifinage, & vint à la Ville pour épier le moment de faifir fa proie. Aujourd'hui il me trouve feule dans une rue ifolée, me met un mouchoir fur la bouche, m'enlève dans fes bras & s'enfuit à toutes jambes pour gagner la plaine & cette cabane qu'il avoit deftinée à être le théatre de fes forfaits : là, me donnant le choix ou de me mettre dans le cas de n'être jamais à fon frère, ou de périr par le poifon, j'étois à fa merci, quand le Ciel vous a envoyés à mon fecours. Je vous avoue que j'aurois préféré de vivre, car à mon âge la mort eft bien effrayante : mais dites-moi, je vous prie, ce qu'il m'auroit fait ? Il avoit l'air bien terrible & bien animé ; je me défendois avec peine contre ses entreprises hardies : il a exigé de moi un baiser ; eh bien ! je l'ai embrassé, quoiqu'avec répugnance. Il vouloit plus : est-ce qu'il reste quelque chose à donner à quelqu'un qu'on a embrassé & qu'on n'aime pas ?

Cette naïveté fit rire les deux champions de la petite infante ; ils la conduisirent jusqu'à la porte de la ville où ils n'entrèrent point, parce que cela les détournoit de leur route. Charmés d'avoir sauvé l'innocence des attentats d'un libertin, ils moralisèrent beaucoup sur ce que les jeunes gens qu'on envoie à l'école de l'honneur, se font un jeu d'y manquer en déshonorant d'honnêtes familles ; cependant le devoir les appelle-t-il aux champs de la gloire, ces mêmes étourdis, du sein de la galanterie, courent pleins d'honneur & de bravoure affronter la mort ou la donner.

Le Chevalier de Florival & le Baronnet son ami qui pouvoient certifier que par-tout où ils avoient passé l'amour fait des siennes, arrivèrent enfin aux barrières de cette ville si renommée dans l'Univers & si féconde en équipées de cette nature. Le couple voyageur alla defcendre dans le quartier de la belle-fœur du Gentilhomme campagnard, & lui fit une vifite. Madame de Marinfort étoit une groffe femme toute ramaffée en embonpoint, donnant un peu dans la dévotion & fe laiffant gouverner par un de ces *Doucins* que l'Auteur du *Payfan parvenu* a peints avec des traits fi vrais & fi reffemblans : au demeurant, c'étoit une bonne femme qui n'avoit d'autre défaut que d'être un peu curieufe, & de s'occuper plus de ce qui fe paffoit dans fon voifinage, que de veiller fur fa fille.

Cette veuve, à la recommandation de fon Directeur, avoit retiré chez elle une autre efpèce d'Abbé qui endoctrinoit joliment Mademoifelle de Marinfort. C'étoit un jeune homme chaffé d'un Ordre refpectable, dont il n'avoit encore pris que l'habit, pour avoir mal obfervé le vœu de chafteté. Il fe donnoit pour un enfant de famille qu'une ferveur mal entendue avoit conduit à prendre cet état, dans lequel fes parens vouloient le forcer de refter, malgré le dégoût qu'il leur en avoit témoigné. La vérité eft que le caffard s'étoit fait Moine dans un âge où la nature étoit muette ; mais quand chez lui le tempérament eut parlé, il devint un lion irrité des barrières qui le renfermoient ; il les brifa pour mener une petite vie fcandaleufe qui le fit renvoyer.

Comme il fut averti par fon Supérieur de ce qui alloit lui arriver s'il ne changeoit de conduite , il fe garnit les mains, & avec l'argent de la manfe conventuelle il débaucha une jeune fille qu'il emmena en Hollande & qu'il abandonna lorfque fon vol fut épuifé : la Police commençoit à fe fcandalifer de la vie qu'il menoit avec fon Hélène, par rapport à quantité de défordres occafionnés par l'imprudence des jeunes gens qu'elle attiroit.

Les complaifances baffes & perfides qu'il eut pour la veuve du marin, à laquelle il fit tel roman de fa vie qu'il lui plut, infpirèrent à cette bonne Dame une confiance dont il abufa bien & duement, puifque non feulement il débaucha fa fille ; mais qu'il lui procura encore les moyens de perpétuer fon libertinage.

Riantine de Marinfort charma par fa figure

le fils du Baron de la Kuskofie. Un air éveillé, l'œil frippon, une taille fvelte, des graces jufqu'au bout des doigts, l'efprit vif & prompt à la répartie, des talens agréables, de l'ufage du monde, c'en étoit bien affez pour fub-juguer les yeux & le cœur du Baronnet. L'oncle apperçut avec joie l'impreffion que fa nièce faifoit fur fon ami : la mère l'invita gracieufement à ufer librement de fa maifon. Seulement il trouva la fille un peu trop lefte & trop décidée pour fon âge, & le ton d'im-portance du *Factotum* lui déplut. L'oncle lui-même voulut un jour faire des repréfen-tations à fa nièce & lui infpirer plus de mo-deftie : la petite perfonne lui fit une révérence & courut l'embraffer, en lui difant qu'elle le trouvoit charmant de la moralifer : enfuite de quoi elle mit un ajuftement lila, fe regarda dans une glace & finit par chanter une ariètte avec un gofier flûté, c'étoit un petit roffignol.

Le mannequin d'Abbé, cet être métis qui déshonoroit l'habit qu'il portoit, & la nièce, fa fingulière élève, conclurent que c'étoit un époufeur que l'oncle avoit amené avec lui; en conféquence ils prirent dèflors des mefures

pour ne rien changer à leur beau petit train
de vie. Riantine & le petit-collet ne dè-
voient point fe féparer : l'Abbé la fuivroit,
étant devenue Madame Abar-tucdoc, comme
un ami pour éduquer les petits Baronnets
qu'elle auroit ; & Dieu fçait la belle éducation, fi elle eut reffemblé à celle qu'il donnoit
à la future Baronne !

Tandis qu'on régloit ainfi fon ménage à
venir, Abar-tucdoc paffoit agréablement fon
temps auprès d'une jeune Dame dont il avoit
fait la connoiffance au fpectacle : ces fortes
de rencontres ne font ni incroyables ni rares.
La Marquife de *Tréfleville* étoit une de ces
émiffaires que les douairières de brelan en-
voient à la quête des nouveaux débarqués
qui paroiffent en fonds. Abar-tucdoc trouva
chez cette belle une maifon qui refpiroit
l'aifance. Elle fe difoit la femme d'un Officier
employé au fervice des Ifles, d'où l'on faifoit
fortir la fource de l'opulence qu'elle étaloit.
D'abord la Marquife lui donna beau jeu ;
mais quand elle le vit épris de fes charmes,
elle joua la femme à fentimens, incapable de
fe manquer, & feignit du courroux. Le

Baronnet, dupe du manège de ces femmes, promit de facrifier fon amour au refpect.

La première fois qu'Abar-tucdoc alla au fpectacle, une de ces fyrènes qui ont le tact des provinciaux & des étrangers, lui fit des agaceries auxquelles il répondit : la partie fut aifément liée; cependant il lui en coûta moins qu'avec la femme du Banquier Italien. L'héroïne des couliffes lui trouva des qualités effentielles qu'elle n'avoit pas coutume de rencontrer dans nos petits - maîtres avanta-geux à qui la débauche & non l'amour donne des fens. Etonnée de cette merveille, elle eut regret de lui avoir fait acheter des plaifirs qu'il fçavoit fi bien donner ; & fi elle eut ofé lui en faire la propofition, elle étoit femme à lui faire celle de changer de rôle avec lui.

A quelques jours de là, le fils du Baron de la Kuskofie revint au fpectacle rire, pleu-rer, s'ennuyer, bâiller, fiffler, applaudir & ne fçavoir fouvent ce qu'il avoit entendu. Il avoit vu les gens du bon ton, chuchoter, pirouetter comme des marionnettes, fans s'embarraffer des beautés de la pièce, battant

quelquefois

quelquefois des mains par défœuvrement, ou bien hauſſant les épaules avec auſſi peu de raiſon : comme il avoit remarqué ces geſtes du bon ton, il joua la même pantomime pendant que les Acteurs déclamoient. La voix de la ſirène qu'il avoit ſi bien payée de toutes les manières, le fixa cependant malgré lui : il ſe mêla de bon cœur aux applaudiſſemens mérités qu'elle reçut.

Lorſque la toile fut baiſſée, il ſe vit accoſté par un inconnu qui l'invita à ſouper de la part de ſon *Artémiſe* de théatre. Rendu chez elle, il marqua ſa ſurpriſe d'apprendre que c'étoit ſon mari lui-même qu'elle avoit chargé de lui faire ce meſſage. Bon, dit-elle, que vous êtes neuf! Dans notre état le mariage, comme ſur la ſcène, n'eſt qu'une fiction : nous ne gênons point nos maris dans leurs goûts, & nous ne voulons pas qu'ils nous gênent dans les nôtres. Cette manière de vivre parut fort commode au Baronnet qui pour cette fois eut ſes entrées franches ; car la ſenſible hiſtrionne en étoit devenue amoureuſe : elle en devint même ſi jalouſe, qu'en jouant le rôle de Lucrèce, elle fut tentée de se poignarder férieufement , parce que fon amant lui faifoit des infidélités.

Les rigueurs de la belle Tréfleville lui tenoient plus au cœur que fes amours de théatre. Dans l'idée que les préfens adouciroient cette cruelle , il fit précéder la feconde vifite qu'il lui rendit , par des cadeaux qui furent acceptés : il reçut pour prix de fes bijoux , de légères faveurs qui ne décidoient rien. Il ne fçavoit pas qu'une coquette eft un caméléon qui prend toutes les teintes qu'elle veut; tendre ou févère par caprice , facile par intérêt , l'homme qui tombe dans fes filets reffemble au papillon qui tourne autour d'une lumière , & finit par s'y brûler. Le but de la Marquife étoit d'avoir de plus d'une manière des dépouilles du Baron : elle lui propofa de le mener fouper chez une prétendue tante où ils trouveroient bonne compagnie. Cette foirée parut lui promettre des fuites fi agréables , qu'il accepta la partie avec une joie prefque folle. Un cercle de femmes plus charmantes les unes que les autres , mêlé d'hommes aimables , annonça au Baron une fociété choifie.

La maîtresse de la maison, sur le retour de l'âge, conservoit les restes d'une beauté qui lui avoit procuré les moyens de vivre dans la dissipation & les plaisirs. Elle étoit effectivement de condition , & elle avoit eu un train soutenu par une fortune que son mari avoit minée comme elle par de folles dépenses. Devenue veuve, la Baronne de *Quinola* n'avoit vu d'autre expédient que de faire ressource par le jeu. Elle prit une maison montée sur un ton brillant & fit recrue de jolies femmes à demi-fortunées qui l'aidoient par leurs complaisances à endormir les dupes sur les saignées qu'elle faisoit à leur bourse.

Le souper fut précédé d'une partie de jeu, dans laquelle les ponteurs perdirent & Abartucdoc fut du nombre des heureux. Les agrémens du repas l'enchantèrent au point qu'il se crut à la table des fées: point de propos trop libres, l'anecdote croustilleuse gazée, la mousse du Champagne égayant la chansonnette au dessert , la belle Tréfleville assise auprès de lui, tout contribua à le rendre d'une humeur charmante.

La fortune qui fembloit avoir appellé les plaifirs pour le recevoir , lui montra fon inconftance après le fouper : les perdans demandèrent leur revanche : ils avoient d'abord joué de bonne foi ; leur adreffe fe déploya dans la feconde partie. Le Baronnet, après un bonheur balancé pendant quelque tems, perdit tout-à-coup & perdit gros : il joua même fur fa parole & ne fut pas plus heureux.

La Marquife jugeant que pour un provincial on avoit mené le Baron affez loin, feignit une migraine & fe leva pour fe retirer. Le joueur acharné s'apperçut du mouvement qu'elle fit, & la politeffe exigeoit qu'il la reconduisît : un baifer qu'elle lui laiffa prendre fur fa main blanche, le confola prefque de la perte qu'il venoit de faire ; il crut qu'il alloit s'en dédommager dans les bras de l'amour ; mais il étoit décidé qu'on en vouloit plus à fa bourfe qu'à fon cœur. Cependant il eft probable que la Marquife eut quelques remords de contribuer à ruiner un fi beau garçon, par les démarches qu'elle fit depuis fans fuccès pour renouer avec lui, Il ne feroit pas étonnant qu'elle l'eût aimé, car il arrive souvent que ces fortes de femmes, quoique avides d'argent, ont des caprices amoureux, & Abar-tucdoc étoit moulé d'une manière à lui en infpirer. Néanmoins il fut encore éconduit avec politeffe, mais avec moins de rigueur que la première fois.

Le jour qui fuivit cette journée fi coûteufe à fa fortune, lui donna le tems de faire de férieufes réflexions : il vit qu'il avoit affaire à deux fripponnes, dont l'une l'amufoit, tandis que l'autre le ruinoit ; ainfi il réfolut de re- noncer aux Déeffes brelandières dont les agaceries étoient fi perfides & fi dangereufes. La dépenfe qu'il faifoit depuis qu'il étoit à Paris, malgré les revenus de la Terre de *la Kuskofie*, malgré le fupplément qu'y ajou- toit la Baronne, fa mère, qui commençoit à vieillir, l'avoit déjà fort endetté, & en conti- nuant fur ce pied-là, il auroit bientôt vu fon nom & fes biens affichés au coin des rues, tout Seigneur qu'il étoit ; car les Pro- cureurs aiment beaucoup à ronger les Barons & les Baronnies, & ils ne font jamais fi contens que quand ils voient de jeunes diffipateurs manger leur bien en herbe, parce qu'ils font fûrs que tôt ou tard le fonds leur en viendra.

Un Gentilhomme fe fait un point d'honneur de payer fes dettes du jeu, & pour n'y pas manquer, Abar-tucdoc, à l'aide d'un Juif, déterra un honnête ufurier qui prêtoit à double capital. Muni de la fomme il courut chez fon créancier : c'étoit un jeune Marquis nouvellement marié, qui avoit des maîtreffes, une petite maifon, & qui pourtant étoit jaloux de fa femme. Sa dette acquittée, le Baronnet vouloit fe retirer : on annonça un autre aimable étourdi qui entra en chantant & courut devant une glace rajufter fes dentelles & admirer fa fémillante perfonne. -- Parbleu, Meffieurs, que je vous faffe rire : la petite *Riantine* eft amoureufe, folle de moi; elle m'a furpris hier au Bal de l'Opéra, en tête à tête avec une divinité qui lui caufe de la jaloufie ; après m'avoir lutiné, fans fe trahir, fur quantité de petites fredaines qui me font arrivées, elle m'a conduit dans les corridors, & m'a demandé de me démafquer : curieux de mettre à fin l'aventure, à peine eus-je ôté mon mafque, qu'elle tire un piſtolet caché, & me lâche le coup dans la figure : tenez voici encore les grains de poudre ſous mon menton ; j'en ai été quitte pour la peur, car le piſtolet n'étoit chargé qu'à poudre, & elle ne vouloit point me faire d'autre mal : le coup parti, elle s'eſt démaſquée elle-même. Jugez de ma ſurpriſe de voir un petit diable femelle faire un coup auſſi hardi. La bonne plaiſanterie ! ſans ſe décontenancer, elle a pris ma main que je lui ai donnée pour regagner l'aſſemblée comme ſi de rien n'étoit. A préſent nous ſommes les meilleurs amis du monde, car une femme qui s'eſt vengée redevient douce comme un mouton. Le conteur ne s'apperçut pas que le rouge montoit au viſage du Baronnet ; il fit une pirouette, & propoſa au Marquis d'aller chez des filles. — Monſieur eſt-il des nôtres, en regardant le Baron ? — Non, dit le Marquis ; il va ſe marier. — A la bonne heure : il eſt décent qu'il faſſe retraite une huitaine ; c'eſt tout ce qu'on doit à une femme. Nous ferons notre cour à la vôtre........

Il tardoit au Baronnet de voir finir une converſation qui le mettoit ſur les épines :

il falua d'un air diftrait les deux petits-maîtres qui montèrent dans leur voiture, & lui dans la fienne, l'imagination attriftée de ce que fa parole & le dérangement de fes affaires le mettoient dans la néceffité d'époufer une franche coquette. L'efpoir de ce mariage l'avoit fait anticiper fur la dot future, & il avoit pris des engagemens qui ne lui permettoient plus de reculer. L'oncle avoit même déjà fait les préparatifs de la noce; il donnoit tout fon bien à fa nièce; & le moindre délai eût pu amener une rupture. Ainfi le fils du Baron de *la Kuskofie*, réfléchiffant qu'il ne valoit pas mieux que fon père, fe réfolut à fauter le bâton.

Cependant aux indices certains qu'il avoit de la conduite de fa prétendue, il lui vint en fantaifie de fe faire faire un arbre généalogique qui commenceroit feulement à feu M. le Baron fon père, dans la perfuafion que fes defcendans feroient une belle lignée, s'ils époufoient tous des femmes comme celle qui lui étoit deftinée. Pour exécuter ce beau projet, il court chez ...., & ne trouvant perfonne pour fe faire annoncer, il pénètre jufqu'à l'appartement dont la **porte** étoit entre-bâillée ; il apperçoit un petit bout de femme, haute de quatre pieds, l'eftomac & le dos bombés, la peau fouci, l'œil bordé de rouge, qui fe lève précipitamment, & tout en défordre, au bruit qu'elle entend ; il voit en même tems un grand jeune homme plein de foupleffe & de vigueur, s'efquiver par une porte dérobée. Abar.-tucdoc fe retira poliment, fans même faire paroître qu'il les avoit furpris ; mais il difoit en s'en allant : ah ! la laideur n'y fait rien.

Convaincu par fes propres yeux, que la Généalogifte faifoit les preuves de fon mari d'une plaifante manière, il fe familiarifa avec l'idée que c'étoit là fans doute le ton de la Capitale ; & qu'étant décidé à y prendre femme, il ne devoit pas être plus privilégié que les autres ; il confentoit donc à voir les blondins papillonner autour de la future Baronne ; mais ce cuiftre de Collège, ce rebut monacal qui ne la quittoit pas plus que fon ombre, le choquoit terriblement ; il auroit été bien plus furieux, s'il avoit fçu que cet homme étoit un digne ami de Prévert, & que l'intrigue de

Riantine avec le jeune courtifan, étoit leur ouvrage. Ces deux êtres méprifables liés d'intérêt avec la Baronne de Quinola, avoient la lifte de toutes les jolies femmes, & ne rougiffoient pas d'être les honnêtes complaifans de jeunes libertins dont ils favorifoient les fantaifies & les caprices.

Prévert qui auroit dû mourir du coup d'épée que lui avoit donné le Baron à Florence, en guérit pour faire de nouvelles équipées. Après avoir quitté l'Italie, il avoit pris par l'Allemagne pour paffer en Hollande où il avoit lié connoiffance avec le Moine défroqué. La corruption de leurs mœurs & la baffeffe de leurs fentimens, leur firent mettre en fociété leurs talens pour l'intrigue : Paris leur parut un théâtre plus propre à les développer.

Pour y débuter avec fuccès, ces deux intrigans emmenèrent avec eux une jolie Flamande capable de les feconder par fa figure & fon efprit. M. *Turcaret*, dont l'ame renfermoit autant de luxure que fon coffre-fort de louis, la vit aux promenades, & lui fit offrir une maifon & des bijoux; elle fit d'adord la renchérie, & fe donna pour du neuf : le financier, ardent à la curée, redoubla d'amour & de

prodigalité par la réfiftance de la belle Hélène
des Pays-Bas ; il les conquit enfin, ou plutôt
les acheta plus cher qu'ils ne valoient , & il
crut avoir arboré le premier le drapeau.

Le . . . . . qui avoit trouvé à célébrer fes
orgies chez la veuve du Marin , avoit cédé à
Prévert les prétentions fur la Flamande : celui-
ci alloit fouvent braconner fur les plaifirs du
Traitant; & comme il vit que la complaifante
Houri commençoit à s'engraiffer, il lui propofa de l'époufer , bien entendu qu'elle con-
ferveroit toujours l'habitant de *Pactole* : ce
fingulier mariage , dont l'efpèce eft même
affez commune , fut terminé en moins de huit
jours, & approuvé du Financier qui fit changer de nom à la femme , & donna un bon
emploi au mari.

Abar-tucdoc, qui follicitoit en vain depuis
long - tems une place pour un honnête jeune
homme , fans fortune , mais rempli de talens ,
fut confeillé de s'adreffer à la belle Flamande,
qu'il ignoroit être mariée à fon Ex-mentor :
l'or qu'il offrit applanit toutes les difficultés :
elle promit fa protection & le fuccès. A peine
les conditions du marché étoient-elles ar-

rêtées, qu'il entra un gros homme court, qui, tout essoufflé & sans saluer personne, alla s'étendre sur un sopha. Le Baronnet jugea qu'il étoit familier dans la maison. La Divinité de ces lieux dit à cet original le sujet de la visite d'un étranger qu'il commençoit à regarder de mauvais œil : s'adressant au Baron, il lui demanda en bredouillant, si c'étoit pour lui-même. --- Non, Monsieur, c'est pour quelqu'un dont les parens sont tombés dans l'infortune. ---- Ah ! voilà du Roman : sçait-il au moins lire & écrire ? car, en regardant sa belle, je crois que vous déterrez par plaisir tous ceux qui n'ont point de talent, afin que je les place : n'importe, il faut que chacun vive.

La déesse protectrice, sans s'embarrasser du mérite qui est volontiers gueux, donnoit la préférence à ceux qui avoient le plus d'argent, & se faisoit de la vénalité des places qui dépendoient du Traitant, un petit casuel capable de contenter l'avidité de la favorite d'un Surintendant. Ah çà mignonne, reprit Turcaret, je vous emmène ce soir souper à ma petite maison, d'où nous ne reviendrons que demain matin. Et votre mari ? je veux le pouffer encore plus loin : c'eft un bon diable que ce Prévert, il n'eft point gênant , & fçait les égards qu'on doit à ceux qui nous font du bien.

A l'étonnement du Baronnet, le Financier jugea qu'il connoiffoit le mari de fa *Dulcinée*. --- Eh bien ! puifque vous êtes de fes amis, venez fouper avec nous ; vous reviendrez avec lui dans ma voiture ; & fans donner le tems au Baron de lui répondre, il fortit en faluant des épaules & d'un figne de tête.

Prévert qui rentra fur ces entrefaites, rencontra fur l'efcalier le Milord Coffre ÷ fort, & lui fit baffement des courbettes. Abartucdoc en fut fi indigné, qu'il traita la femme de p...... & le mari de m...... & fortit brufquement; il fe reprocha cependant cette vivacité, en faifant réflexion qu'il en verroit bien d'autres, fi, comme le Diable Boiteux, il avoit le pouvoir d'enlever tous les toîts des maifons où la Dame du logis favorife un protecteur utile, tandis que fon époux ronfle dans un autre appartement, fans s'en inquiéter.

Une aventure plaifante vengea mieux le Baronnet de la baffeffe de la conduite de fon ancien pédagogue, que le mépris qu'il lui avoit montré dans la rencontre inattendue qu'il en avoit faite. Du nombre des beautés infcrites fur la lifte de Prévert, étoit la femme d'un Teinturier ; il fe la réferva comme le morceau du Seigneur; & pour avoir accès auprès d'elle, il reprit fon coftume d'Abbé. Cet habit femble apprivoifer les maris les plus farouches, & être un Talifman qui attire les femmes. Prévert fe donna pour un Abbé de la première diftinction, qui vifoit à l'Evê-ché; en conféquence il promit à la dame que fon mari teindroit tout fon Diocèfe. L'ap-pât d'une pratique auffi importante lui fit recevoir avec complaifance les cajoleries de ce protecteur : des arrhes même affez confi-dérables offertes comme une preuve de la vérité des promeffes, tentèrent la fourniffeufe générale qui les accepte : un rendez - vous fut donné ; le mari qui avoit feint de s'ab-fenter , revint furprendre en flagrant-dé-lit le couple amoureux : il fit empoigner M. l'Abbé par deux garçons vigoureux qui la plongèrent à plusieurs reprises, dans une grande chaudière remplie d'une teinture verte. Après ce bain salutaire, bien capable d'amortir les feux du galant, il le fit exposer tout nud au milieu de la rue. Les enfans du quartier le poursuivirent, & le huèrent en criant l'*Abbé vert*. Il fut chansonné & montré au doigt. Cette avanie l'obligea de quitter la Capitale, & de s'enfuir où il put avec son plumage de perroquet ; il fut plus puni, que si on lui eut infligé toute autre peine. Le Teinturier, au risque de passer pour un bon homme, divulga lui-même l'aventure, tant il s'applaudissoit d'avoir eu l'idée de cette singuliere vengeance. Le Baronnet ne fut pas fâché que son Mentor eût reçu le juste salaire de toutes ses fredaines ; & le Chevalier de Florival, qui avoit à cœur de le châtier, se consola de ce qu'il lui avoit échappé, le sçachant exposé à l'humiliation & à la risée publique.

Les libertins font presque toujours une mauvaise fin : en mettant le comble à leurs iniquités, ils en reçoivent tôt ou tard le juste châtiment. Le . . . . défroqué dé-

plaifoit trop au Baronnet, pour qu'il ne cherchât point à le démafquer. La Marquife de
Tréfleville, quoiqu'une aventurière, avoit
un cœur, & ce cœur fut fenfible à la beauté
& peut-être à l'air mâle de la phyfionomie
d'Abar-tucdoc. Devenue riche par des voies
qu'elle n'ofoit trop avouer, elle fçut que le
Baronnet éroit embarraffé, & qu'il ne fe
marioit que pour réparer le défordre de fes
affaires : ainfi foit préfomption, foit amour,
elle crut que fes richeffes tenteroient un
homme qui n'avoit prefque pour tout bien
que fon nom & des dettes.

La Marquife, dans les atours d'une toilette
élégante, vint elle-même faire fa propofition
qui n'étonna pas moins le Baronnet que fa
vifite : le refus qu'elle éprouva lui fut fi fenfible, qu'elle fondit en larmes : fa beauté au
lieu de s'être altérée, fembloit avoir repris
une nouvelle fraîcheur, depuis qu'Abar-
tucdoc ne l'avoit vue. La rougeur qui colora
fon vifage quand le Baronnet rejeta fes offres,
lui prêta encore des charmes. Enfin, con-
vaincue qu'elle n'obtiendroit rien fur les fentimens du Baron, elle voulut au moins avoir
quelque

quelque part à fon amitié & à fa reconnoiffance, en l'inftruifant des infamies du Moine défroqué qui fubjuguoit l'efprit de Madame de
Marinfort, & qui faifoit mener une drôle de
vie à fa fille.. Le Baronnet hors de lui-même,
vouloit aller jeter le fcélérat par les fenêtres ;
mais comme il n'avoit point encore d'auto-
rité dans la maifon, il fe réferva de le traiter
comme il le méritoit, quand il auroit le droit
de parler, s'il avoit le front de nier fes tur-
pitudes & fes baffeffes.

Riantine, quoiqu'entraînée par le charme
& la variété des plaifirs, n'avoit cependant
pas vu d'un œil indifférent le fils du Baron
de la Kuskofie ; comme il étoit beau garçon,
qu'il chantoit & danfoit admirablement bien,
ces qualités feules la décidèrent à l'accepter
pour mari : ainfi quand fon oncle lui annonça
que dès le lendemain, elle feroit Madame la
Baronne, l'idée qu'elle alloit jouir d'une fortune qui la mettroit à même de ne fe refufer
aucune fantaifie, la rendit d'une gaieté charmante.

Abar - tucdoc, fur le point d'époufer
une jolie fille, qu'en bonne confcience il lui

étoit impoſſible de prendre pour novice, fit
un retour ſur lui-même : le coup-d'œil phi-
loſophique qu'il jeta ſur ſa conduite paſſée &
ſur l'enchaînement des choſes, lui fit faire
cette réflexion : mon père l'*étoit* bien & duement avant ſon mariage, & il l'ignoroit ; &
moi, je le *ſuis* avant, & le *ſerai* ſans doute
encore après : je le ſçais & je le ſçaurai ; mais
ſi je manque cette occaſion-ci, j'irai mourir
à l'hôpital, car, Dieu merci, j'ai mangé tout
mon bien, & un Gentilhomme gueux fait
toujours une mauvaiſe figure.

Cependant l'honneur batailloit encore dans
ſon ame : l'honneur ! mais lui qui avoit ma-
raudé chez tant d'autres, leur honneur ne
valoit-il pas le ſien ? Mais ces petites filles
qu'il avoit déniaiſées, & qui ſe laiſſoient faire
bien innocemment ; mais ces maris, dont les
femmes l'avoient trouvé ſi fort à leur gré,
les avoit-il plus ménagés qu'il ne méritoit
d'être ménagé lui - même ? A la vérité,
ajoutoit-il de bonne foi, il m'en a quelquefois
coûté un peu cher ; ainſi, tout compenſé, j'ai
été un franc libertin : apparemment que c'eſt
là le train de la vie ; tout *eſt au mieux :* vive

le Docteur Panglofs & fon difciple Candide!

Tandis qu'Abar-tucdoc tiroit fa belle con-féquence, le Chevalier de Florival, enchan-té de ce que fon bien paffoit dans les mains de fon ami, vint le chercher pour le conduire chez fa nièce qui ce jour-là étoit un petit aftre éblouiffant par l'éclat de fa beauté & de fa parure : l'oncle avoit fait les chofes en Seigneur de Paroiffe qui veut fe donner du relief, & en cœur généreux, qui croit préparer le bonheur de deux perfonnes qui lui font chères. Madame de Marinfort n'avoit pas affez d'yeux pour regarder fa fille ; elle ne manqua pas de régaler fes voifines du détail de la parure de la mariée, fans oublier le moindre attifet.

Riantine qui ne pouvoit fe laffer de s'ad-mirer elle-même fous ces atours d'une Reine, trouva que le Baronnet étoit auffi mis d'un goût exquis : c'étoit en vérité un beau couple. Deux rofes vermeilles qui viennent de s'épa-nouir aux premiers rayons du foleil, n'ont pas de couleurs plus vives ni plus fraîches que les joues de ces deux aimables époux : c'étoit feulement dommage que leurs cœurs ne fuſſent pas autrement neufs ; mais cela ne devoit pas les empêcher de faire de beaux petits enfans.

L'Abbé qui tenoit rancune au Baronnet des hauteurs & des dédains qu'il lui avoit fait eſſuyer en plus d'une occaſion, ſe promettoit bien de s'en venger le jour même des noces ; mais un Miniſtre, dont il avoit perdu le fils, en favoriſant ſon libertinage, le fit proprement coffrer ſans éclat, le matin de la fête, & l'envoya exercer ſes talens au Miſſiſſipi, où il trouva beaucoup de gens de ſa connoiſſance dignes de peupler, non pas une Colonie, mais les *bagnes* de Toulon ou de Marſeille.

L'abſence d'un méchant rend aux plaiſirs d'une fête la pureté que ſa préſence troubloit, & ſa punition ſatisfait les ames honnêtes qu'il a trompées. Madame de Marinfort fut outrée d'avoir été jouée par ce Tartuffe, & finit par le mépriſer. Le Chevalier avec l'emportement d'un Militaire, étoit furieux de ne pouvoir lui couper les oreilles, & Riantine rougiſſoit intérieurement des petites équipées qu'elle avoit faites ſous ſes auſpices. Quant au Baronnet, il pardonnoit tout à Riantine, qui peut-être auroit été fage, fans ce maudit Caffard, qu'il regardoit avec raifon comme l'auteur du défordre de fa conduite.

Les commencemens de leur union furent marqués par des complaifances de la part du Baronnet, & d'une efpèce de renoncement à fes plaifirs de la part de fa charmante moitié : cette aurore du bonheur fembloit leur promettre des jours filés par la main des amours ; mais ce proverbe, *qui a bu boira*, eft bien vrai. Riantine fe laffa bientôt de cette vie uniforme qui concentre les plaifirs dans un ménage ; elle en rappella la troupe effarouchée par fon efpèce de retraite ; & devenue plus ardente depuis qu'elle s'en étoit privée, elle fe laiffa de nouveau emporter par le tourbillon.

Cependant avant que de prendre fon effor, elle s'effaya par degrés à maîtrifer fon époux ; elle eut d'abord des fantaifies qui furent fatisfaites, enfuite des foupçons qu'elle devenoit mère : l'oncle & la maman en étoient au comble de la joie ; mais le mari attendoit l'événement pour fçavoir s'il n'y auroit pas erreur de calcul. On fit toujours venir à bon

compte le Docteur qui ne fçut trop que décider ; à la feconde vifite, il fe décida à trouver la malade jolie, & dit gravement que
cela auroit des fuites.

L'Efculape, le bec à corbin à la main, le
diamant fin au doigt, le jabot empefé, la
perruque où le plus petit cheveu ne dépaffoit
pas l'autre, vint donc régulièrement tous
les jours tâter le pouls de l'appétiffante Baronne ; il étoit beau fils, beau parleur, encore jeune, quoiqu'il cherchât à fe rendre
vieux. Cette belle malade fentoit une pal-
pitation de cœur toutes les fois que le gentil
Hyppocrate la touchoit : — Eh mais, votre
pouls eft ému ! il vous faut des calmans : tout
en difant cela, le galant Docteur appliquoit
un baifer fur une main blanche & potelée
que la dame feignoit de retirer. Le drap qui
fe dérangeoit laiffoit voir à découvert une
gorge arrondie & en mouvement, qui dé-
ridoit la gravité de l'enfant d'*Epidaure :* ce-
lui-ci alloit toujours cherchant à connoître
de plus en plus l'état de la malade ; & décou-
vrant enfin la caufe du mal, il y appliqua fur-
le-champ le remède.

Affriandée par la recette admirable du Docteur, la jeune Baronne auroit bien voulu continuer le régime auquel il l'avoit assujettie ; mais le prudent Esculape, dont les forces ne lui permettoient pas de traiter longtemps une convalescente de cet appétit, fit des visites moins fréquentes. C'est une occupation charmante que d'avoir à migeotter la santé de jolies femmes de cette espèce ; mais il faut être jeune : on est bientôt le Docteur prôné, le guérisseur par excellence : notez que la figure ne gâte rien aux talens du divin Hyppocrate. L'Amour Médecin est volontiers poupin & petit-maître ; mais les perruques *in-folio* qui enfarinent les têtes plissées de rides de nos vieux Docteurs, font seules capables de donner des vapeurs.

Le Baronnet s'étoit figuré qu'il alloit vivre en paix avec une femme aimable dans l'aisance que l'oncle leur avoit procurée : ses dettes étoient payées ; il lui restoit encore assez de fortune pour fixer les plaisirs dans sa maison, en y mettant de l'ordre. Le Chevalier de Florival avoit arrangé de passer une partie de l'année avec eux, & le reste à sa terre : fa tendreſſe pour Cécile rendoit ces voyages néceſſaires à ſon bonheur. Madame de Marinfort, enchantée de ſon gendre, l'aimoit comme s'il eut été ſon propre fils ; mais Riantine ne quitta la chaiſe longue, où elle ſe dorlottoit depuis deux mois avec les calmans du Docteur, que pour reprendre ſon premier train de vie.

Le jeune Seigneur avec lequel elle avoit eu l'aventure du Bal, s'étoit ſérieuſement épris de ſes charmes. Une femme qui fait quelqu'action au-deſſus de ſon ſexe, frappe : de l'admiration on paſſe ſouvent à l'amour. Le Chevalier Brillantin étoit un courtiſan aimable qui joignoit à un goût décidé pour la galanterie, le talent de ſubjuguer toutes les femmes : frippon charmant, pêtri de graces & d'eſprit, la ſéduction repoſoit ſur ſes lèvres, & il étoit difficile de ſe garantir de ſes filets, lorſqu'il les tendoit à quelque beauté ingénue, dont la conquête pouvoit contribuer à ſes plaiſirs.

Riantine avoit éprouvé le pouvoir de ſes charmes, & quoiqu'elle ne fût pas difficile à vaincre, elle valoit pourtant bien la peine qu'on fît attention à un petit minois éveillé, fait pour recevoir le caprice, comme il étoit capable d'en inspirer. Le Chevalier Brillantin n'eut pas besoin du canon qu'il employa depuis avec tant de succès dans une occasion plus sérieuse, pour attaquer la place : brave à Cythère comme aux champs de Mars, les roses de l'amour se mêlèrent à ses lauriers, & Riantine les y attacha.

Depuis cet instant le Chevalier avoit été un vrai papillon dans ses amours; mais comme il aimoit la bravoure dans tout, le coup de pistolet lui avoit paru unique ; il revint à Riantine, & l'oublia encore, en apprenant qu'elle étoit mariée.

Cependant au sortir du régime de son Esculape qui avoit été forcé d'y mettre fin, la jeune Baronne rayonnante de santé, avoit reparu dans un cercle où son amant en fut enchanté : comme elle avoit épuisé tout ce que la toilette a de plus élégant, il crut la voir pour la première fois , & il eut même du chagrin de ce que des rivaux la suivoient par - tout : un grain de jalousie réveilla le goût qu'il avoit eu pour elle; ils se

raccommodèrent, & l'Amour fut bientôt d'in‑
telligence avec eux pour chercher à tromper
l'œil des jaloux & des curieux : cette espèce
de myſtère parut leur promettre des plaiſirs
plus piquans.

Le Chevalier, toujours fertile en expé‑
diens, loua un appartement dans la maiſon
voiſine de celle du Seigneur de *la Kuskoſie :* il
imagina une cheminée tournante, maſquée
par une plaque, & toutes les nuits, il s'intro‑
duiſoit, par ce tour de nouvelle invention,
dans la chambre de la charmante Baronne.
Le matin, il quittoit le lit des amours pour
retourner par le même chemin, dans le ſien :
ce petit manège dura longt‑emps ; on crut de
bonne foi, en voyant Riantine moins diſſipée,
que la raiſon avoit ſuccédé chez elle à la
frivolité : le Baronnet lui‑même en fut dupe ;
une femme‑de‑chambre jeunette & appétiſ‑
ſante à laquelle il faiſoit les doux yeux, tra‑
hit le ſecret. Le Chevalier Brillantin lui‑
même en fit un trophée.

Le Baronnet ſenſible à l'éclat & à l'hon‑
neur, fit un appel à ſon rival ; mais un ordre
ſupérieur leur défendit les voies de fait. Pour

fe diftraire des idées fombres que cet affront lui donnoit, Abar - tucdoc fit un voyage à fa terre de *la Kuskofie*, où, malgré les confolations qu'il recevoit de fa mère, le chagrin le fit dépérir à vue d'œil. Cette bonne dame avoit beau lui rappeller l'exemple de feu M. le Baron fon cher époux; elle lui retraçoit encore en vain fes propres équipées à lui-même qui n'avoient pas infiniment plu à un grand nombre de maris; tout cela gliffoit fur fon ame qui étoit auffi abforbée, que fi elle fut attaquée du *fplen*, de cette maladie qui excite l'Anglais à fe pendre, & le Français à en rire; car en vérité, malgré la manie qui en a pris à bien des Parifiens, cet *anglicifme* ne fied point du tout à la gaieté française, à laquelle il faut du vin, la chanfonnette & des femmes.

Le Chevalier de Florival auffi méontent que le mari, de la conduite de fa nièce, prit le parti d'aller fe confoler auprès de Cécile de ce qu'il avoit fait faire une fottife à fon ami : Madame de Marinfort fe reprochoit fa négligence à furveiller fa fille, & fon aveugle confiance dans celui qui l'avoit perdue; mais

il n'en étoit plus temps : Riantine avoit levé
le masque, & depuis son aventure avec le
Chevalier Brillantin, elle ne se ménagea plus.
Devenue maîtresse de ses volontés par l'absence de son mari qui méprisoit sa conduite,
& regrettoit sa beauté, elle donna dans tous
les écarts. Peu délicate dans ses goûts, im-
modérée dans ses plaisirs, elle finit par attra-
per les invalides de Cythère, comme un
vieux Militaire gagne ceux de Mars, le corps
cicatrisé de blessures. Celles de l'inconsidérée
Baronne étoient d'un autre genre : cette fleur
si brillante qui auroit dû en reproduire d'autres, languit desséchée, & périt flétrie &
épuisée ; elle est un exemple que les plaisirs
ont un abord riant & des suites cuisantes &
souvent funestes.

Abar-tucdoc qui, à ses fredaines près, auroit mérité un meilleur sort, mourut quelque temps avant elle, de la contagion qu'elle
lui avoit communiquée, sans le sçavoir,
dans un voyage qu'il fit exprès pour se ra-
patrier avec une femme dont l'image le sui-
voit par - tout. On a de la peine à se déta-
cher d'une infidelle, quand on l'aime, & qu'on

pourroit, si elle le vouloit, passer des jours heureux avec elle. Cependant le Baronnet avoit à se reprocher d'avoir mené lestement l'innocence de bien des fillettes, & l'honneur de quantité de maris : ce qui ne lui seroit point arrivé, s'il se fut inculqué de bonne heure, & s'il avoit toujours eu devant les yeux ce précepte qui vaut seul le meilleur traité de morale : *ne faites point à autrui ce que vous ne voulez pas qu'on fasse à vous-même.*

F I N.

CATALOGUE

D E S Livres qui se trouvent chez le
même Libraire.

AVENTURES de Mathurin Bonice, 4 vol.
broch. 6 l.

Triomphe de la tendresse, 2 vol. *in*-12 broch. 4 l.

Contes de la Fontaine, 2 vol. *in*-18. 3 l.

Eleve de la Nature, 3 vol. *in*-12. 6 l.

Mille & un quart-d'heure, 3 vol. *in*-12. 7 l. 10 s.

Mille & un jours, 5 vol. *in* 12. 12 l. 10 s.

Mille & une nuits, 6 vol. *in*-12. 15 l.

Mille & une soirées, 3 vol. *in*-12. 7 l. 10 s.

Mille & une faveurs, 5 vol. *in*-12. 15 l.

Mille & une folies, 4 vol. *in*-12. 12 l.

Mémoire d'un Homme de qualité, 8 vol. *in*-12. 16 l.

Mémoire de Milady Varmonty, 2 vol. *in*-12. 5 l.

Le Sceau enlevé, 3 vol. *in*-12. 6 l.

Les Mois de Rouchez, 2 vol. *in*-4°. 18 l.

Idem. 4 vol. *in*-12. 8 l.

Œuvres Posthumes de J.-J. Rousseau, 9 vol. *in*-8°.
broch. 12 l.

Mémoires de l'Académie de ces Dames & de ces
Messieurs, 2 vol. *in*-12. 5 l.

Tanzaï & Neardané, 2 vol. *in*-12. 4 l.

Lettres d'Henriette, 1 vol. *in*-12. 2 l.

Mémoires de Montglat, 2 vol. *in-12.* 5 l.

Lettres de Crébillon, 2 vol. *in-12.* 4 l.

Farce de Pathelin, 1 vol. *in-12, broch.* 1 l. 10 f.

L'Age d'or, 1 vol. *in-18, broch.* 1 l. 10 f.

L'Orlandinet, *in-18, btoch.* 12 f.

Proverbes de Carmontel, 6 vol. *in-8°.* 18 l.

L'Art de faire des Garçons, 1 vol. *in-12.* 2 l. 8 f.

La Payfanne parvenue, 4 vol. *in-12.* 8 l.

Eloge de l'Ane, 1 vol. *in-18.* 1 l. 4 f.

Vie du Comte de Chabo, 1 vol. *in-12.* 1 l. 10 f.

Idem, papier fin. 3 l.

Amours paftorales de Daphnis & Chloé, *in-4°.* 24 l.

Voyage aux Indes orientales & à la Chine, 3 vol. *in-8°.* 18 l.

Jezennemours, 2 vol. *in-12.* 4 l.

Hiftoire d'Emilie Montagne, 5 vol. *in-12,* 12 l. 10 f.

www.ingramcontent.com/pod-product-compliance
Ingram Content Group UK Ltd.
Pitfield, Milton Keynes, MK11 3LW, UK
UKHW020921140726
13695UKWH00003B/913